EIN MILLIARDEN DOLLAR LIEBESDEAL

EIN-MILLIARDÄR-LIEBESROMAN

MICHELLE L.

INHALT

Veröffentlicht in Deutschland:

Von: Michelle L.

© Copyright 2021

ISBN: 978-1-64808-862-9

 Erstellt mit Vellum

EIN MILLIARDEN DOLLAR LIEBESDEAL

Angela Hayes ist eine schöne Frau, die das Stadtleben genießt, sich aber nach ein wenig Aufregung und Erfüllung in ihrem Liebesleben sehnt. Sie hat einen tollen Job in einem riesigen Marketingunternehmen und hat gerade herausgefunden, dass der milliardenschwere CEO des Unternehmens ihrer Filiale einen Besuch abstatten wird.
Anderson Cromby ist ein sexy Milliardär und ein echter Playboy, der Traum aller Frauen. Er ist groß, dunkel, gutaussehend und so reich, dass es nicht mit Worten beschrieben werden kann. Er könnte jede Frau haben, doch er hat ein Auge auf die lebhafte, junge Angela geworfen.
Angela dachte glücklich darüber zu sein, hin und wieder ungezwungene Liebschaften zu haben und sie mag es, die Kontrolle über die Dinge in der Hand zu haben. Aber als der Milliardär Anderson seine dominierende Persönlichkeit und seine sexuelle Besitzgier in ihre Welt bringt, stellt er sie völlig auf den Kopf – auf eine gute Weise!

WAS SIE WILL BUCH EINS

EINE METROPOLITISCHE AFFÄRE

D as Schaumbad war kochend heiß. Angela hatte den besonderen Badezusatz verwendet, den ihr ihre Mutter Karen zu ihrem zweiunddreißigsten Geburtstag letzten Monat geschenkt hatte. Er war herrlich und duftete großartig, während er sich mit dem Wasser mischte. Sie blickte die Düse in ihrer Badewanne an, die auf Knopfdruck heißes Wasser mit Hochdruck verströmte. Sie dachte an die vielen einsamen Nächte, die sie genau hier in ihrem schäbigen kleinen Appartement verbracht hatte, in dem diese Düse ihr bester Freund gewesen war. Die Düse sagte keine Dates ab, hatte keine Ausreden. Sie verschaffte einfach nur Genuss.

Angela Hayes war eine junge Frau, wie viele andere in ihrem Alter. Sie hatte seit 8 Jahren die Schule verlassen und arbeitete in der Stadt als Gerichtsschreiberin. Sie hoffte, es eines Tages zu schaffen, die Gerichtsschule abzuschließen und eine versierte praktizierende Anwältin zu werden. Sie hatte italienisch-amerikanische Wurzeln und eine riesige Familie, die über den Staat verteilt war. Ihr Vater war vor zwei Jahren am Weihnachtstag gestorben und ihre Mutter lebte alleine in einem Appartement auf der anderen Seite der Stadt, das sogar kleiner als ihr eigenes war.

Angela hatte starkes Mitleid mit ihrer Mutter und versuchte, sie stets zu besuchen, wenn ihre Arbeit und ihr gesellschaftliches Leben das erlaubten. Ihre fünf jüngeren Brüder und zwei Schwestern waren fast alle verheiratet, sie alle hatten ein eigenes Leben und eine eigene Karriere. Einige von ihnen waren Geschäftsleute, die anderen waren Gewerbetreibende, wie Elektriker, Klempner und ähnliches. Im Allgemeinen schienen die meisten Mitglieder ihrer Familie glücklich mit ihrem Leben zu sein und Angela war dankbar dafür. Sie kamen meistens während der großen Ferien und Ostern zusammen, das vor der Türe stand. Sie freute sich schon auf eine nette Zusammenkunft.

Während sich Angela in ihrer luxuriösen Privat-Spa-Wanne zurücklegte und die Düse betrachtete, fragte sie sich wann sie einen süßen Mann finden würde, mit dem sie zusammen sein konnte, der ihr Vergnügen bereitete und der sein Leben mit ihre teilte. Angela hatte nicht viele Dates. Sie fand, dass die meisten Männer ihres Alters unreif und nicht für eine ernste Beziehung bereit waren. Das war merkwürdig, weil sie zweiunddreißig war und das wurde als ein ziemlich später Zeitpunkt in dem Leben einer Person angesehen, um sich niederzulassen.

Sie hatte Geschichten von Pärchen gehört, die sich durch diese Online-Datingseiten kennengelert hatten, welche scheinbar eine ziemlich beliebte Option geworden waren, aber Angela war einfach zu romantisch, um diesen Weg zu wählen. Alle ihre Freunde versuchten es auf diese Weise, aber sie hatte einfach ein anderes Bild davon, wie sie ihren Seelenverwandten treffen würde. Sie würde ihn auf einer Benefizveranstaltung kennenlernen, zum Beispiel, und ihre Augen würden sich in einem großen Raum treffen. Er würde die Tanzfläche überqueren, auf sie zugehen und eine Hand ausstrecken. „Willst du tanzen?", würde er sagen. Und dann würden sie sich bei einem romantischen Tanz näher kommen, seine Hand würde ihren Rücken streicheln und sie würden sich im Blick des anderen verlieren. So sollte es passieren. So würde es passieren. Sie versprach sich an diesem Abend, dass sie nichts anderes als Perfektion in ihrem Liebesleben akzeptieren würde. Wenn es dann soweit war, würde es sich wirklich auszahlen. Sie griff nach der Düse, spreizte ihre Beine und brachte sich in die richtige Position.

Nach ihrem Bad zog sie einen schönen seidigen Bademantel an und ging in ihr Wohnzimmer. Sie ließ sich auf ihre bequeme Couch fallen und griff nach der Fernbedienung. Sie zappte durch die Kanäle, bis sie auf den Nachrichtenkanal kam. Anscheinend war die Übernahme des größten Beratungsunternehmens der Stadt im Gange und durch diesen Schritt würde die Firma das größte Unternehmen dieser Art im ganzen Land werden. Sie konnte sich bereits die Aktienpreise vorstellen, die in die Höhe schiessen würden. Zu schade, dass sie keine dieser Aktien besaß, dachte sie.

Nach ein paar Minuten wurde offenbart, dass sich ihre Anwaltskanzlei mit dem Großteil der juristischen Arbeit, die mit der Übernahme in Zusammenhang stand, beschäftigen würde. Heute war Samstag, deshalb hatte sie noch einen weiteren freien Tag vor sich, aber sie wusste, dass der Montag chaotisch werden würde. Sie konnte sich bereits ihren Chef vorstellen, als er ihr und dem ganzen Personal Befehle zubrüllte. Sie schauderte kurz.

Schließlich beschloss sie, dass es an der Zeit war, den Fernseher auszuschalten und ins Bett zu gehen. Sie ging in das Schlafzimmer und blieb beim Kühlschrank stehen, um einen schnellen Snack aus einem Stück Käse und ein wenig Obst zu sich zu nehmen, dann putzte sie sich die Zähne und ging ins Bett.

In dieser Nacht träumte sie von der Fusion und dem neuen CEO, Anderson Cromby, der das Kommando übernehmen würde. Er war ein sehr gutaussehender Mann, der sich gut kleidete und ausschließlich den besten Geschmack in Bezug auf Kunst, Sport und auf all das hatte, was ihn sonst noch interessierte. Er war ausserdem ein Milliardär und hatte sein Vermögen durch Investitionen in Technologieunternehmen gemacht. Er war nur etwas älter als Angela. Sie hatte das alles durch den Tratsch bei der Arbeit erfahren. Und nun bekam sie vielleicht die Gelegenheit, im gleichen Raum wie er zu sein, die Gelegenheit, ihn zu treffen!

Es war ein angenehmer Traum gewesen. Sie tanzten zusammen auf einem Ball und er bewegte sich sehr gut. Dann hatte er sie gebeten, ihn in sein teures Penthouse in der Stadt zu begleiten. Sie kuschelten und schauten sich zusammen Filme an bis die Sonne aufging. Als Angela am Morgen aufwachte, fühlte sie die Sehnsucht in ihrem Inneren. Es war ihr durch den Traum klargeworden, dass sie männliche Gesellschaft benötigte. Sie brauchte wirklich einen Mann.

SIE DUSCHTE, zog sich an und bereitete sich das Frühstück zu. Es war erst halb acht, deshalb hatte sie ein paar Stunden Zeit, bevor sie sich für den Tag vorbereiten musste. Sie verbrachte diese Zeit mit einem Workout im Fitnessstudio. Sie liebte es, am Morgen zu trainieren. Es brachte sie dazu, sich den ganzen Tag gut zu fühlen, außerdem war es gut für ihren bereits atemberaubenden Körper. Sie sah toll aus für eine Frau ihres Alters. Manche Männer hatten sie sogar mehrere Male für eine 20-Jährige gehalten.

IHR PLAN FÜR DEN TAG, sobald sie ihre Routine beendet hatte war es, sich mit Maxine für einen Brunch im Carlisle Club auf der anderen Seite der Stadt zu treffen. Maxine Palmer war ihre engste Freundin und sie kannten sich bereits seit dem College. Maxine war eine professionelle Tennisspielerin und verbrachte ihre Zeit damit, von einem Tennisplatz zum nächsten zu reisen. Sie verdiente ziemlich viel Geld damit. Sie war noch nicht auf der höchsten Ebene angelangt, aber sie war auf dem richtigen Weg. Außerdem war sie mit einem Buchhalter namens Henry Palmer verheiratet. Sie führten eine glückliche Ehe und Maxine hatte ihr kürzlich mitgeteilt, dass sie schwanger war. Die beiden konnten nicht glücklicher sein. Sie hatten sogar den Wunsch ausgedrückt, dass Angela die Patentante des Kindes wurde, wenn es auf die Welt kam.

Angela war keine Autofahrerin, deshalb nahm sie ein Taxi für die Fahrt zum Carlisle Club und trat in die große Holztüre ein. Sie wurde von dem Türsteher begrüßt, der ihr anbot ihr den Weg zu zeigen.

„Es ist in Ordnung", sagte Angela, „ich war schon öfters hier."

Der Türsteher nickte und lächelte freundlich. Angela ging hinüber zu dem Essbereich und dem Kellner.

„Angela, für zwei", sagte sie. Er zeigte ihr einen schönen Tisch neben einem großen Fenster, das die darunterliegende Straße überblickte. Maxine hatte sich bereits gesetzt und roch an den Blumendekorationen, die den Tisch schmückten.

„Hey Süße!", rief Angela aufgeregt aus.

„Liebling!", antwortete Maxine und stand auf, um ihre enge Freundin zu umarmen, die ihre freundschaftliche Umarmung erwiderte. „Du siehst fantastisch aus, meine Liebe!", sagte sie.

„Du auch!", antwortete Angela. „Du strahlst förmlich!"

„Nicht schlecht für drei Monate, hm?", sagte Maxine heiter und drehte sich für Ihre Freundin im Kreis, um ihr zu zeigen wie gut sie aussah.

„Lass uns Meeresfrüchte bestellen! Und ich trinke einen Sangria!", schlug Angela glücklich vor.

„Du und dein Sangria. Ich werde einen Orangensaft nehmen und er wird mir schmecken!"

Sie bestellten ihre Gerichte und fünfzehn Minuten später kamen sie bereits. Sie bekamen beide einen Shrimp-Cocktail und eine gemischte Platte mit Käse, Crackern und Obst. Sie aßen hungrig alles auf, während sie über die Neuigkeiten plauderten.

Maxine beschwerte sich darüber, dass sie aufgrund der Schwangerschaft ihre Trainingszeiten nicht einhalten konnte. Angela erzählte, wie nervös sie aufgrund des großen Geschäfts der Fusion war, das sich anbahnte.

„Ich bin mir sicher, dass du sie umhauen wirst, Angela", sagte Maxine versichernd.

„Danke Kollegin", sagte Angela und zwang sich zu einem Lächeln.

Nachdem sie ihre Rechnung bezahlt hatten und ihre Bäuche voll waren, beschlossen sie ein Dampfbad im Club zu nehmen. Sie gingen die Stiegen nach oben in den Fitnessbereich und zu dem Umkleideraum. Sie zogen sich um und Maxines weiche, schwarze

Haut war strahlend. Angela konnte sehen, wie sich ihr Bauch wölbte, typisch für eine Frau im ersten Trimester.

Angela zog ihre Kleidung aus und hängte sie in einen der Holzschränke. Sie wickelte sich ein Handtuch um und die zwei Freundinnen gingen in das Dampfbad. Es war sehr heiß und feucht in dem Raum und sie setzten sich in eine ruhige Ecke. Zwei andere Frauen saßen ihnen gegenüber und waren in eine Diskussion vertieft. Sie sprachen über die große Fusion und über Anderson Cromby, welcher der neue CEO werden würde. Maxine war still und entspannte sich im Komfort des Dampfraums. Angela hörte zu.

„Weißt du, er ist traumhaft. Die meisten CEOs sind alt und unattraktiv", sagte die erste Frau.

„Ich weiß. Er sieht meinem Mann Ron ein wenig ähnlich. Ohne dem roten Haar natürlich. Andersons Haar ist so dick und braun, ich würde so gerne meine Hände darin vergraben. Ich würde ihn gerne zwischen die Finger bekommen und Sachen mit ihm anstellen", sagte die zweite Frau.

„Wem sagst du das. Ich meine, ich würde seinen Schwanz in meinen Mund nehmen und daran saugen, als gäbe es kein Morgen!", sagte die erste Frau.

„Erica!", sagte die zweite Frau peinlich berührt. „Es sind zwei weitere Personen hier."

„Oh, das tut mir leid, ich habe euch zwei nicht gesehen. Ich hoffe, wir stören euch nicht", sagte Erica.

„Nein, das ist okay", sagte Angela versichernd. „Glaubt es mir, unsere Münder sind um einiges schmutziger. Das ist meine Freundin Maxine und ich bin Angela. Schön euch kennenzulernen."

Nach dem Dampfraum gingen die zwei Freundinnen in Angelas Wohnung und sahen sich eine DVD an. Sie machten es sich für ein paar Stunden gemütlich und sahen sich den Film an, bis sie beschlossen, dass es an der Zeit war etwas anderes zu tun.

„Nun, was wirst du tun, wenn du Anderson Cromby wirklich treffen wirst?", fragte Maxine

„Was meinst du damit? Ich werde einen auf cool machen, wie

immer. Er wäre nicht der erste Mann, der sich nicht für mich interessiert, keineswegs", antwortete Angela.

„Nein, aber wenn du ihn triffst, wird er wahrscheinlich der erste Milliardär sein, den du je kennengelernt hast", gab Maxine zurück.

„Das ist wahr. Okay, willst du meine ehrlichen Gefühle wissen? Ich habe mir noch keine Gedanken gemacht. Er scheint großartig zu sein, aber wie hoch sind die Chancen, dass er sich für eine Frau wie mich interessiert? Wer weiß ob er wirklich mein Typ ist oder nicht? Es gibt einfach zu viele Variablen."

„Nun, ich glaube da hast du recht. Momentan sind das alles nur Annahmen. Aber es macht Spaß zu träumen, nicht wahr?"

„Ich schwöre dir, Maxine, manchmal glaube ich, dass du eine Hellseherin bist. Ich habe tatsächlich letzte Nacht von ihm geträumt."

„Das kann nicht wahr sein! Ich möchte alles darüber wissen."

Die zwei Freundinnen verbrachten den Rest des Nachmittags damit, zu relaxen und über unterschiedliche Dinge zu reden. Maxine erinnerte Angela immer wieder daran, dass sie vielleicht die Gelegenheit bekommen würde, Anderson zu treffen. Es war fast so als ob Maxine wollte, dass Angela eine ernsthafte Beziehung einging. Angela war sich nicht sicher, ob sie das wollte oder nicht. Sie wollte einfach einen Traummann, mit dem sie sich vergnügen konnte. Sie wusste nicht wirklich, ob sie bereit für eine ernsthafte Bindung war.

2

ARBEITSGEWOHNHEITEN

Am folgenden Morgen bei der Arbeit tauchte Angela in ihre normale Routine ein. Sie beantwortete Anrufe, schickte einige E-Mails und plauderte mit ihren Mitarbeitern. Das Hauptthema war natürlich die neue Akquisition von Andersons Konglomerat.

Für die Fusion verantwortlich zu sein war eine große Aufgabe und es gab eine Menge Arbeit zu erledigen. Es würde Jahre dauern, um die ganze Papierarbeit zu erledigen, aber Angelas Firma war die beste in der Stadt, die sich mit dieser Art von Dingen beschäftigte. Am Nachmittag fand ein Meeting für das Personal statt, in welchem Eric Taylor, der Präsident des Unternehmens die Details des Dossiers preisgab, Mythen beseitigte und Fragen darüber beantwortete, was dieses neue Geschäft erfordern würde. Offenbar würde Anderson der Firma am Tag darauf einen Besuch abstatten um zu sehen, um welche Art von Business es sich handelte.

Angela konnte sich nicht helfen, aber sie bekam eine Gänsehaut, als Eric sagte, dass Anderson alle Mitarbeiter treffen wollte. Das bedeutete, dass er in ihrem Teil des Büros herumgehen würde und vielleicht hätte sie die Möglichkeit, ihm in die Arme zu laufen. Angela notierte sich mental, ihren besten Hosenanzug zu tragen. Sie beschloss außerdem, dass sie am Abend zum Friseur und in das Nagelstudio gehen würde. Nach dem Meeting schien der Rest des Tages zu verfliegen. Jeder war wegen der Neuigkeiten aufgeregt und es schien, dass alle Freuen im Büro bereits dabei waren, aufgrund von Andersons angekündigter Ankunft ins Schwärmen zu geraten.

An diesem Abend führte Angela, während sie ihre Maniküre bekam, ein kurzes Gespräch mit ihrer Nagelpflegerin. Sie war eine kleine, asiatische Dame mit schönen braunen Augen und langen schwarzen Haaren. Sie sah aus, als wäre sie Anfang Zwanzig. Sie hatte jedenfalls noch nie von Anderson Cromby gehört. Angela versuchte ihr zu erklären wie wichtig dieser Mann war, aber sie schien sich nicht dafür zu interessieren. Vielleicht waren es nur Business-Frauen, die es genau verstehen konnten, was für ein Fang dieser Junggeselle war. Doch die Tatsache, dass er ein Milliardär war hätte die Aufmerksamkeit der Nagelpflegerin vielleicht erregen sollen.

Was würde ich tun, wenn ich eine Milliardärin wäre? dachte sie. Sie erkannte, dass es ihr das Leben ermöglichen würde, von dem sie immer geträumt hatte, wenn sie so viel Geld hätte. Sie konnte es sich vorstellen: Skiurlaube, verschwenderische Ferien in der Karibik, teure Yachten, Kaviar und Champagner, der Traum war endlos. Sie hatte diesen Junggesellen noch nicht einmal getroffen, war aber bereits dabei, sich den Lifestyle vorzustellen, den sie gemeinsam haben würden. *Reiß dich zusammen, Angela.*

Angela zahlte die Rechnung und verließ den Schönheitssalon. Sie war nur ein paar Häuserblöcke von zu Hause entfernt, deshalb beschloss sie, zu Fuß zu gehen. Während sie auf dem Weg war, lief sie einem alten Bekannten über den Weg.

Es war Mark Stevenson. Sie waren gemeinsam ins College gegangen. Sie hatte Kunstgeschichte studiert und er machte seinen Abschluss in Biologie. Sie waren gute Freunde gewesen. Es kam immer wieder vor, dass die beiden miteinander flirteten, aber es war nie etwas passiert. Sie hatte ihn niedlich gefunden. Er war groß, circa 1,85 Meter und hatte eine muskulöse Figur. Er hatte gepflegte, dicke, schwarze Haare, die er mit einem Scheitel trug. Sein Gesicht erhellte sich, als er erkannte, wer sie war.

„Angela!", rief er aufgeregt aus. „Schön dich hier zu treffen!"

„Gleichfalls! Was machst du in diesem Teil der Stadt?", fragte Angela.

„Ich gehe nur eine Runde. Ich arbeite jetzt mit Immobilien und musste ein Gebäude begutachten, das hier in der Nähe ist. Lebst du hier? Meine Güte, Angela, du siehst toll aus. Wir sollten demnächst gemeinsam etwas trinken gehen. Du weißt schon, um der alten Zeiten willen."

„Wie wäre es jetzt?", wagte sie sich. Mark konnte in ihren Augen sehen, dass sie es todernst meinte. Er konnte ebenso erkennen, dass sie unglaublich scharf war. Sie musste unbedingt flachgelegt werden. Und deshalb packte er die Gelegenheit am Schopf, wie es jeder warmblütige heterosexuelle Mann auch getan hätte.

Sie beugte sich zu ihm und griff ihm in den Schritt. Er konnte ihren weiblichen Duft riechen und das milde Eau-de-toilette, das sie trug.

„Ich will, dass du mich fickst, Mark", flüsterte sie ihm deutlich ins Ohr.

„Fick mich, wie du es nie im College getan hast. Ich habe seitdem ein, zwei Dinge dazugelernt."

Mark wurde in seiner Hose hart und ihr Griff wurde fester. Sie konnte bereits erkennen, dass er eine gute Größe hatte. Sie streichelte ihn durch den Stoff seiner Leinenhose und Mark lies ein erlösendes Seufzen aus.

„Wo wohnst du?", fragte er.

„Ein paar Blöcke weiter."

Sie gingen Hand in Hand zu ihrem Appartement, nahmen den Fahrstuhl bis zu ihrem Stockwerk und begannen sofort, sich gegenseitig auszuziehen, als sie durch die Türe gingen. Ihre Kleider waren in Angelas gesamtem Appartement verteilt.

Sie legten den Weg zum Bett zurück und konnten die Finger nicht voneinander lassen. Angela zog ihre Bluse und ihren BH aus und dann ihre Hose. In ihrem roten Satinhöschen fühlte sie sich sehr nackt – und liebte es. Mark entfernte sein Hemd und seine Hose, dann entledigte er sich auch seiner Unterwäsche. Seine gigantische

Männlichkeit zog ihre Aufmerksamkeit auf sich, denn er hatte einen richtigen Ständer. Es sah aus, als wäre er circa 20 bis 22 Zentimeter lang.

Angela griff nach ihm und drückte ihn auf ihr Bett hinunter. Sie blieb einen Moment stehen und schwebte über dem Bett, bevor sie sich vollständig hingab. Er betrachtete ihren Körper. Ihre Titten waren noch perfekter, als er sie sich vorgestellt hatte. Sie waren voll, rund und schön geformt. Er dachte wehmütig, dass sie auf einem Playboy-Cover hätte sein können. So perfekt sah sie aus.

Als sie aus ihrem Höschen schlüpfte konnte er sehen, dass sie komplett rasiert war. Sie kletterte neben ihm auf das Bett und legte eine Hand auf seine Erektion.

Sie flüsterte in sein Ohr: „Ich habe seit dem College von diesem Moment geträumt. Welche Phantasien hast du?"

„Ich will dich richtig gut ficken, Angela", sagte Mark ehrlich. „Ich habe immer schon davon geträumt, diesen perfekten Körper geil zu nehmen."

„Dann lass es uns tun."

Sie hatten knapp eine halbe Stunde lang leidenschaftlich Sex. Marks rhythmische Penetration war genau das, was Angela gebraucht hatte. Sie war ein paar Mal während der Fick-Session gekommen und am Ende sagte auch Mark, dass er nahe dran war. Sie saugte den Rest aus ihm und schluckte seine männliche Ladung. Nachdem sie fertig waren, krochen sie nebeneinander unter die Decke und kuschelten eine Ewigkeit miteinander.

Später an diesem Abend nach einem kurzen Schläfchen, bei dem sich die zwei Liebhaber in den Armen lagen, stand Angela auf um eine Dusche zu nehmen. Als sie zurück in ihr Schlafzimmer kam, war nichts mehr von Mark zu sehen. Nur eine Nachricht, die er niedergeschrieben und auf dem nicht gemachten Bett zurückgelassen hatte. Sie las sie:

„Liebe Angela. Ich habe heute Abend sehr genossen. Ich möchte nicht, dass das eines dieser „Dinge" wird, deshalb sage ich dir einfach, dass ich in der Nähe sein werde. Du kannst mich unter meiner geschäftlichen Nummer auf meiner Visitenkarte erreichen, die ich hier lasse."

Angela konnte zwischen den Zeilen lesen. Sie hatte nicht gedacht, dass der gemeinsame Abend zu einer Beziehung führen würde. Das wollte sie jedenfalls nicht von ihm. Sie wollte einfach nur Sex mit einem heißen Kerl. Und er hatte ihr das geliefert.

Ein breites Lächeln breitete sich auf ihrem Gesicht aus, während sie die Nachricht zusammenknüllte und in den Müll warf. Sie nahm seine Karte, die seine Geschäftsadresse, Telefonnummer und Email-Adresse wiedergab und steckte sie in ihre Tasche. Als sie in dieser Nacht im Bett lag, fanden Gedanken über Sex und Romantik den Weg in ihre Träume. Sie hatte ein klares Gefühl, dass ihr Leben dabei war, eine drastische Wendung zum Besseren zu nehmen. Auf viele Arten war das bereits passiert.

Am nächsten Tag im Büro war Angela sehr nervös und zur gleichen Zeit aufgeregt. Das Personal würde an diesem Tag die große Neuigkeit erfahren. Sie trug ihr bestes Outfit und sah großartig aus. Sie erhielt sogar einige Komplimente von ihren Mitarbeitern für ihr gutes Aussehen. Der Morgen verging ziemlich schnell und nach der Mittagspause hatte sie nicht viel Arbeit zu erledigen, deshalb rief sie Maxine an, um nachzufragen wie es ihr ging. Maxine hatte an diesem Morgen ein Tennismatch gehabt und nun war sie mit Eis auf der Hüfte zu Hause, da sie sich eine Zerrung zugezogen hatte.

„Hast du ihn schon gesehen?", fragte Maxine. „Nein", antwortete Angela. „Noch nicht."

Schließlich, um circa vier Uhr am Nachmittag versammelte ihr Chef das Personal und teilte mit, dass Anderson ins Büro kommen würde, um sich „umzusehen". Deshalb sollten sich alle so gut wie möglich verhalten und sich von der besten Seite zeigen.

Als Anderson mit seiner Entourage von vier weiteren Anwälten ankam, hörte Angelas Herz auf zu schlagen. Er war sehr attraktiv, um die 1,82 Meter groß, hatte dicke braune Haare und blaue Augen. Er schien sehr schnell herumzugehen und die Bereiche zu begutachten, als wollte er einen schnellen Eindruck davon bekommen, wie die Dinge im Büro funktionierten. Er hatte in keinem bestimmten Bereich wirklich viel Zeit verbracht, sondern nur einen Blick auf alles geworfen. Dann ging er zu Eric und schüttelte seine Hand. Sie diskutierten ein paar Minuten über einige Angelegenheiten. Angela konnte nicht wirklich sagen, worüber sie sprachen, aber Eric nickte und lächelte. Andersons Augen überblickten den Raum. Einen Moment lang hätte Angela schwören können, dass sie Augenkontakt mit Anderson hatte, aber es war irgendwie unmöglich zu sagen. Schließlich drehte sich Anderson um und ging zurück zum Fahrstuhl. Er fuhr mit seiner Entourage wieder hinunter ins Erdgeschoss. So nah war Angela Anderson an diesem Tag gekommen. *Wie aufregend.*

Nach der Arbeit luden sie Maxine und Henry in ihre Wohnung ein, die auf der anderen Seite der Stadt war. Der Plan war, ein gutes Abendessen mit Meeresfrüchten zu genießen und eine DVD aus ihrer umfangreichen Sammlung anzusehen. Das Abendessen verlief wirklich gut. Henry beschrieb im Detail alle Herausforderungen, mit denen er bei der Arbeit konfrontiert war. Anscheinend war im Bereich der Buchhalter eine Veränderung der Standards im Gange, was bedeutete, dass er entweder zurück zur Schule gehen musste, oder alleine eine Menge neuer Informationen lernen musste. Angela und Maxine fühlten so gut wie möglich mit ihm mit. Dann ging das Gespräch wieder zu Maxines Schwangerschaft über.

„ALSO, wann ist der Entbindungstermin?"

„Gestern war er in genau sechs Monaten. Ich bin so aufgeregt. Wir beide sind sehr aufgeregt!" Maxine hielt Henrys Hand.

„Wisst ihr bereits das Geschlecht des Babys?"

„Es ist ein wenig zu früh um es sagen zu können", sagte Henry. „Wir haben uns bereits die Namen ausgedacht, unabhängig von dem Geschlecht. Uns gefällt William für einen Jungen und Tracy für ein Mädchen."

„Das sind niedliche Namen", sagte Angela. „Nun, nicht um das Thema zu wechseln, aber welchen Film wollt ihr heute Abend ansehen? Ich bin auf Entspannung eingestimmt. Bei der Arbeit war es heute so aufregend."

„Hast du ihn gesehen?", fragte Maxine.

„Warte – um wen geht es?", unterbrach Henry.

„Oh", fuhr Maxine fort. „Angelas Firma beschäftigt sich mit der juristischen Arbeit für eine große Übernahme. Anderson Crombys Konglomerat kauft das größte Beratungsunternehmen der Stadt. Das ist wirklich eine wichtige Neuigkeit. Angela hoffte, heute einen Blick auf Anderson werfen zu können."

„Und das habe ich auch!", rief Angela aus.

„Dann gratuliere ich dir!", sagte Henry und kicherte in sich hinein.

„Er war traumhaft, Leute", sagte Angela. „Seine Augen waren fantastisch. Sie waren so groß und blau. Man konnte es sehen, dass er einen wirklich großzügigen Geist hat. Und es ist kein Wunder, dass er der CEO ist. Ich meine, ich konnte nur einen Blick auf ihn erhaschen aber er schien wirklich smart zu sein. Und attraktiv. Ich frage mich, wo er trainiert."

„Wenn du herausfinden würdest in welches Fitnessstudio er geht, könntest du vielleicht auch dort trainieren gehen und „zufällig" in seine Arme laufen", riet ihr Maxine.

„Das ist eine gute Idee. Ich frage mich, wie man diese Information herausbekommen könnte", überlegte sich Angela.

„Du könntest es mit ein wenig Spionage versuchen", fuhr Maxine hilfreich fort. „Rufe seinen Assistenten an und tu so als wärst du Teil des Personals eines Fitnessstudios. Frage ihn einfach, wenn er wiederkommt. Sag ihm, dass er ein Dokument im Umkleideraum vergessen hat, oder etwas in dieser Art. Wenn du um die Bestätigung fragst, wo er trainiert, muss er dir diese Information geben."

Es war eine gute Idee. Angela dachte eine Weile darüber nach und beschloss, dass es einen Versuch wert war. Während des Films, den sie nach dem Abendessen ansahen, drehten sich ihre Ideen und Gedanken darum, wie es wohl sein würde, Anderson Cromby in die Arme zu laufen. Sie konnte es nicht erwarten, am nächsten Tag arbeiten zu gehen.

Nachdem der Abend vorüber war, bedankte sich Angela bei Maxine und Henry für die wundervolle Zeit. Für den „Spionage"-Tipp dankte sie Maxine besonders. Sie verließ ihre Wohnung, nahm ein Taxi durch die Stadt und kam bei ihrem eigenen Appartement an. Sie bereitete sich für das Bett vor und schlief nach wenigen Momenten ein.

Am nächsten Morgen ließ sie ihr frühes Morgen-Workout aus und ging direkt zur Arbeit. Sie kam früh im Büro an und suchte im Internet nach Anderson Cromby. Sie schaffte es, die Nummer seines Assistenten zu finden und speicherte sie auf ihrem Desktop. Sie würde gegen Mittag anrufen, wenn sie wusste, dass der Assistent im Büro sein würde.

3

EIN ZUFÄLLIGES TREFFEN

Angela nahm das Telefon und wählte die Nummer von Andersons Assistent. Das Telefon klingelte mehrere Male und niemand hob ab. Angelas Herz schlug wie verrückt. Endlich hörte sie die Stimme einer Frau, die sagte: „Anderson Cromby und Gesellschafter".

Angela verlor keine Zeit dabei, in die Rolle zu schlüpfen. „Oh, ja, hi", begann sie. „Mein Name ist Rachel Goodale und ich rufe vom Carlisle Club an. Es scheint, dass wir ein Dokument mit Mr. Crombys Namen und seiner Telefonnummer hier haben. Er muss es während einem seiner Trainings hiergelassen haben. Können Sie mir sagen, in welcher Location er nächstes Mal sein wird, damit ich die Dokumente bereitstellen kann?"

„Natürlich", sagte die Assistentin. „Er wird heute Abend in dem Studio von King Street sein. Dort trainiert Mr. Cromby immer. Und immer am Abend. Er wird so um acht Uhr dort sein."

„Vielen Dank", fuhr Angela fort. „Sie waren sehr hilfreich. Wir werden uns darum kümmern, dass er sie zurückbekommt. Auf Wiedersehen."

Angela legte das Telefon auf und bemerkte, dass ihr Herz raste.

Heute Nacht war ihre große Gelegenheit, um Anderson von Angesicht zu Angesicht zu treffen. Alles, was sie tun musste war es, einen Weg zu finden, um ihm in die Arme zu laufen und dann ihren Charme spielen zu lassen, damit er sich in sie verguckte. Sie entschloss, dass sie ein wenig früher dort sein wollte, um sich die Räumlichkeiten genau anzusehen.

SIEBEN UHR SOLLTE *in Ordnung sein,* dachte sie. Sie musste sich überlegen, was sie anziehen sollte. Sie dachte an einen schwarzen Turnanzug mit Nike-Sneakers. Sie würde Ihr Haar zusammenbinden, als hätte sie gerade trainiert. Ein Sport-BH wäre auch keine schlechte Idee, nicht dass sie ihn brauchte. Ihre Brüste waren voll und groß, sie sahen mit oder ohne dieser Extra-Unterstützung großartig aus. Sie fragte sich, ob sie Maxine einladen sollte mitzukommen oder nicht. Sie würde sich vielleicht zu sehr aufregen, wenn sie dabei zusah, wie Angela in Andersons Arme lief. Sie beschloss, dass sie sie anrufen und fragen würde. Sie konnten auf jeden Fall gemeinsam ein frühes Abendessen im Club genießen, bevor sie ihre Workout-Kleidung anzog und ihre Pläne machte, um auf ihn zu treffen. Sie rief Maxine zu Hause an.

„Hi, Maxine?", fragte sie nach einigem Klingeln.

„Ja, hi Angela. Was ist los? Hast du das Fitnessstudio angerufen?", fragte Maxine.

„Ja, das habe ich, alles verläuft nach Plan. Er kommt um acht Uhr für sein Workout in den Club. Ich werde es einrichten, dass ich da bin und auf ihn stoße. Ich fragte mich ob du Lust darauf hast, davor schnell etwas gemeinsam zu essen. Wir könnten ein wenig geräucherten Lachs mit Käse oder so etwas essen."

„Das klingt wundervoll. Sollen wir uns um circa halb sechs dort treffen?"

„Ja, das klingt gut. Und nimm Henry mit, wenn er mitkommen will. Ich muss um sieben Uhr meine Trainingskleidung anziehen, wenn ich eine gute Chance bekommen will, ihn zu treffen. Es würde mich auch nicht stören, selbst ein wenig zu trainieren."

„Wundervoll, wir sehen uns also dort", sagte Maxine und legte auf.

Den Rest des Tages war Angela ein wenig verwirrt. Es wurde ihr bewusst, dass es ein riesiger persönlicher Sprung nach vorn sein würde, wenn sie in Andersons Leben treten konnte. Auch auf beruflicher Ebene, wenn sie mit Anderson zusammen wäre, würde es vielleicht neue Möglichkeiten für sie geben. Schließlich, nachdem der Tag vorbei war, machte sie sich auf den Heimweg und entkleidete sich. Sie zog sich ihre Jogginghose über ihr Trainingsoutfit an und ging hinüber zu dem Club, um sich mit Maxine und Henry zu treffen. Sie waren noch nicht da, deshalb setzte sie sich auf einen der Glastische neben dem großen Fenster, das die darunterliegende Straße überblickte.

Der Tisch war mit schönen Blumen geschmückt. Ein paar Minuten später kamen Maxine und Henry und blickten Angela mit einem großen Lächeln an. Sie schüttelten sich die Hände, umarmten sich und nahmen Platz.

Nachdem sie den geräucherten Lachs, die Cracker und einen Käseteller bestellt hatten, wandte sich das Gespräch Angelas Plänen zu.

„Also wirst du das wirklich durchziehen?", fragte Henry.

„Darauf kannst du wetten", sagte Angela. „Ich bin wirklich aufgeregt. Ich habe den Mann aus der Ferne gesehen, aber noch nie aus der Nähe und auf persönliche Weise. Das müsste ein aufregender Abend werden."

„Es klingt, als hättest du dich bereits in ihn verguckt", grübelte Henry. „Das muss ein besonderer Mann sein, wenn die nicht zu bändigende Angela Gefühle für ihn haben könnte."

Angela konnte sich nicht helfen und lachte los. „Nun, man kann sagen, dass ich von ihm geträumt habe."

„Also ist er buchstäblich der Mann deiner Träume", sagte Maxine lachend.

„Ich nehme es an", sagte Angela. Sie schien nun ernst zu sein. Als ob sie die Wende Ihres Lebens selbst in die Hand nehmen würde.

Henry zündete sich eine kubanische Zigarre an und blies einige

Rauchringe in die Luft. Sie hatten noch ein paar Minuten, bevor Angela plante, ins Fitnessstudio zu gehen. Henry bot Angela eine seiner Zigarren an aber sie lehnte ab. Dann reichte er ihr seine und sie nahm das Angebot an. Sie blies selbst ein paar Rauchringe in die Luft, bevor sie sie ihm zurückgab. Sie hatte immer schon den Geruch und den Geschmack einer guten Zigarre geliebt. Sie rauchte nicht oft, aber sie mochte es, wenn sie die Gelegenheit dazu bekam.

Als es Zeit war ins Fitnessstudio zu gehen, entschuldigte sich Angela höflich und verabschiedete sich von ihren zwei Freunden. Sie ging zu dem Fahrstuhl und fuhr hinunter in den zweiten Stock. Dann betrat sie den Umkleideraum der Damen und ging zum Schrank. Eine schöne junge Frau zog sich neben ihr aus. Sie schien mediterraner Abstammung zu ein und hatte eine schöne, olivfarbene Haut und dickes schwarzes Haar, das hinunter auf ihren Rücken fiel. Ihre Brüste waren voll und straff, ihre Brustwarzen standen erregt auf. Angela sah sie aus dem Augenwinkel an, während sie den Bademantel anzog und barfuß in den Dampfraum ging. Angela war noch nie so von einer Frau sexuell angezogen gewesen, aber ihr gefiel ihre Schönheit. Angela zog sich an und ging in den Workout-Bereich. Es war viertel nach sieben.

Angela beschäftigte sich mit einem der Cardio-Bikes. Sie beschloss, dass es eine gute Idee war, mit dem Workout zu starten, bevor sie Anderson in die Arme lief. Sie verbrachte circa zehn Minuten mit Cardio, dann ging sie hinüber zu den Gewichten. Sie wollte ihren Körper straffen und versuchte immer, Gewichte in ihre Routine einzubinden. Sie halfen dabei, überschüssige Kalorien des Tages zu verbrennen und Angela war die Art von Person, die immer das aß was sie wollte. Sie glaubte nicht an Jojo-Diäten.

Schließlich bewegte sich Angela um kurz vor acht zu den Eingangstüren und ging über die Schwelle des Fitnessstudios. Dann, siehe da, öffnete Anderson Cromby die Türe und ging ins Fitnessstudio. Er trug ein violettes Tank-Top und schwarze Shorts mit weißen Socken und blauen Turnschuhen. Er blickte kurz in Angelas Augen und schenkte ihr ein kurzes Lächeln. *Er hat mich angelächelt!* Angelas Blick wanderte Andersons Arme entlang, die sehr muskulös waren.

Sie erkannte, dass er regelmäßig ins Fitnessstudio gehen musste. Es war Zeit zu handeln. Angela begann schnell mit ihren vorbereiteten Aktionen und ließ ihre rosarote Wasserflasche direkt vor ihm fallen. Anderson machte eine Bewegung um ihr zu helfen, die Flasche aufzuheben. Zur gleichen Zeit beugte sich Angela nach vorn und die zwei stießen zusammen.

„Oh mein Gott!", rief Angela aus. „Es tut mir so leid!"

„Kein Problem!", antwortete Anderson. Er hob die Wasserflasche auf und gab sie Angela. Sie hatten erneut Augenkontakt, das zweite Mal länger. Dieses Mal hafteten ihre Augen ein wenig länger aneinander. Dann musterte Anderson sie kurz, seine Augen wanderten von ihrer Brust hinunter zu ihren Beinen und wieder nach oben. Sie konnte erkennen, warum er so erfolgreich war. Sie konnte sagen, dass er wirklich gut darin war, eine Person auf Anhieb zu beurteilen. Und glücklicherweise für Angela war sein erster Eindruck von ihr sehr positiv.

„Sag mal", begann er. „Ich habe dich noch nie vorher in diesem Studio gesehen. Kommst du öfters her um zu trainieren?"

„Eigentlich bin ich nur hier hergekommen, um nach süßen Typen Ausschau zuhalten", sie lächelte.

Anderson lachte. Sein Lachen war wirklich umwerfend. Ein wenig verhalten und sehr männlich, es kam direkt aus der Kehle.

„Nun, hattest du Erfolg?", fragte Anderson und machte mit seiner flirtenden Art weiter.

„Bis jetzt nicht", antwortete Angela. Ihre Stimme hatte plötzlich einen ernsteren Tonfall angenommen. Sie streckte den Arm aus und legte sie auf seinen Oberarm, dann drückte sie ihn leicht.

Anderson schluckte. Dann wurde sein Gesicht vollkommen ernst.

„Nun, vielleicht würde es dir gefallen, wenn ich dich Freitag Abend zum Essen einladen würde?"

„Das wäre wundervoll. Mein Name ist Angela Hayes."

„Anderson Cromby. Sehr erfreut."

Angela zog ihre Hand zurück, hob sie zu ihrem Mund, zeichnete ihren vollen Schmollmund nach und blickte ihn lang an. Sie schenkte ihm ihren reizvollsten Anblick und musste nichts vorgeben, denn sie war wirklich geil auf diesen fantastischen Mann.

„Carolina's ist ein schönes neues italienisches Restaurant, das vor kurzen auf der 7th aufgemacht hat. Ich wollte es ausprobieren. Gib meinem Freund hier deine Adresse und ich werde dich um sechs Uhr abholen." Anderson schenkte ihr ein weiteres Lächeln und ging hinüber zu den Gewichten.

Angela gab seinem Freund ihre Informationen, er war ein riesiger schwarzer Typ, der offensichtlich Gewichte hob. Sie fragte sich, ob er sein Freund oder sein Bodyguard war. Da sie den Moment nicht weiter hinausziehen wollte, ging sie schnell zurück in den Umkleideraum.

An diesem Abend sah sie fern und träumte von dem, was kommen würde. Sie konnte es nicht glauben, wie perfekt ihr Plan funktioniert hatte. Freitag war nur zwei Tage entfernt! Sie wusste nicht, wie sie so lange warten konnte. Ihr Telefon piepste und sie sah nach. Es war Mark Stevenson, der ihr eine Nachricht geschickt hatte. Sie las sie:

„Hi Angela. Ich dachte über letztes Mal nach. Ich bin heute Abend wieder in deiner Nähe unterwegs, da ich mir ein neues Wohnhaus ansehe. Ich fragte mich ob ich mit einer DVD und etwas Popcorn vorbeischauen könnte."

Angela hatte letztes Mal, als sie zusammen waren, viel Spaß mit Mark gehabt. Sie beschloss, dass es eine gute Idee sein konnte, Mark heute Abend zu sehen. Es war schließlich noch früh. Also schrieb sie ihm zurück und sagte, dass es in Ordnung war, wenn er vorbeikam.

Angela stieg in die Wanne und wartete auf die Nachricht von Mark, mit der er ihr mitteilte, dass er hier war. Sie blickte ihre Düse an und nicht zum ersten Mal fragte sie sich, ob sie sie verwenden sollte, damit sie sich besser fühlte. Und darüber hinaus, ob sie sie verwenden sollte, um sich für Mark aufzuwärmen. Sie gab ein wenig Badeschaum in das Wasser und lehnte sich zurück. Ihre Wanne war komplett mit Düsen ausgestattet, die gerade ihren Rücken massierten. Sie lehnte sich zurück und ließ die botanischen Extrakte in ihre Haut einziehen.

Einige Minuten vergingen. Sie ließ die Gedanken an Anderson durch Ihren Kopf schwirren. Sie war sich nicht sicher, wann sie wirklich in der Lage sein würde, mit ihm zu schlafen. Vielleicht war es das Zweitbeste für heute Abend, mit Mark zu schlafen. Plötzlich piepste ihr Telefon erneut. Sie sah auf die Nachricht. Mark war angekommen. Sie sagte ihm, er solle hinauf und und direkt in das Badezimmer kommen. Sie hörte keine Widerrede.

Einige Minuten später öffnete Mark die Tür zu ihrem Appartement und kam herein. Er trug einen Mantel und einen edlen italienischen grauen Anzug. Das Geräusch seiner Schuhe auf dem Parkett schallte durch das kleine Appartement. Er hatte eine Flasche Champagner in einer Hand und eine DVD, sowie Popcorn in der anderen.

„Wo soll ich meine Jacke ablegen?", fragte er.

„Was soll das Mark, kein hallo?", antwortete Angela geziert.

„Tausend Mal Entschuldigung, Fräulein. Hallo, Grüße und Komplimente an den steilsten Zahn, den ich je gesehen habe."

Angela lachte. „Das klingt besser. Nun komm herüber, damit ich dich besser sehen kann. Ich möchte diesen Anzug fühlen. Er sieht sehr teuer aus."

„Wenn das Geschäft an dem ich gerade arbeite abgeschlossen wird, werde ich in der Lage sein, viele davon zu kaufen. Und ich werde in der Lage sein, dich in jedes Restaurant in der Stadt auszuführen, das du dir wünschst. Zum Teufel, das kann ich jetzt schon."

„Ja, aber es sind unsere Dates hier, die mir am besten gefallen", sagte Angela

Mark ging auf die Wanne zu und setzte sich auf den Rand. „Ich kann dich kaum durch den ganzen Schaum sehen", sagte er.

„Ich sehe gleich aus wie letztes Mal, als wir uns miteinander vergnügt haben. Oder hast du es vergessen?"

„Ich könnte nie vergessen wie du aussiehst." Mark griff in das Wasser und fing ein wenig Schaum damit auf. Er ließ ihn spielerisch auf Angela gleiten. Dann nahm Angela seine Hand, spreizte ihre Knie weit auseinander und führte sie hinunter in das Bad zwischen ihre Schenkel. Marks starke Hand liebkoste die Innenseite eines Schenkels und fand den Weg zu ihrer Muschi. Er schob einen Finger in sie und begann, sie in dem Wasser zu ficken. Angela lehnte ihren Kopf zurück und stöhnte. Es fühlte sich wirklich gut an. Fast so gut wie es sich anfühlen würde, wenn Anderson mehr als einen Finger in sie hineinschieben würde.

Nach ein paar Minuten stand Mark auf, legte seinen Mantel ab und hängte ihn auf einen Haken, der praktisch auf der Hinterseite der Badezimmertüre positioniert war. Er stand da und nahm Angelas schönen Anblick auf – nackt und nur mit Schaum bedeckt.

„Was machst du, Mark?", fragte Angela.

„Ich bewundere dich", antwortete er.

„Wie sehe ich aus?", frage Angela spielerisch.

„Du siehst wie viele Dinge aus. Du siehst wie eine griechische Göttin aus. Du siehst wie eine italienisch-amerikanische Schönheit aus. Du siehst wie die Bilder aus, die ich von nackten Frauen in der Kunstgalerie gesehen habe. Du siehst wie Angela Hayes aus."

„Sehe ich wie eine Frau aus, die heute Abend gefickt wird?"

„Das ist definitiv möglich. Ist in deiner Badewanne Platz für eine zweite Person?"

„Nein nicht in dieser hier. Aber ich bin dabei, herauszukommen."

Angela kniete sich in die Wanne und stellte einen Fuß auf den Boden, sie brachte sich in eine stehende Position. Dann schaltete sie die Düsen der Wanne aus und öffnete den Abfluss. Sie deutete Mark, ihr eines der Handtücher zu geben, die auf dem Haken hingen. Er gab es ihr und spürte, wie weich und kuschelig es in seiner Hand war. Sie wickelte es um sich, verließ das Badezimmer und machte sich auf den Weg in ihr Schlafzimmer. Mark folgte ihr gehorsam und war nicht in der Lage, den Blick von ihr abzuwenden.

4

METROPOLITISCHER SPASS

Angela nahm ihren bequemsten Pyjama aus der Kommode. Er fühlte sich wirklich gut auf ihrer geschmeidigen Haut an. Sie ließ das Handtuch fallen und beugte sich nach vorn. Sie wusste, dass Mark ihren Körper die ganze Zeit betrachtete und dass er von hinten einen großartigen Ausblick auf ihre Muschi hatte. Der Gedanke daran, dass er sie anblickte und sich dabei erregte, machte sie ebenso erregt. Sie fühlte, wie sie feucht wurde. Als sie ihren Pyjama angezogen hatte, nahm sie ihn an der Hand und brachte ihn zur Couch, die vor ihrem großen Flachbildfernseher stand.

„Welchen Film hast du ausgesucht?", fragte sie

„Forrest Gump", sagte er. „Ich hoffe er gefällt dir."

„Ja, das tut er absolut. Ich liebe diesen Film. Tom Hanks ist einer meiner Lieblingsschauspieler", antwortete Angela.

„Perfekt", sagte er. „Du siehst übrigens großartig in diesem Pyjama aus. Du sahst aber auch großartig ohne aus."

Angela blickte zu Mark hinüber, der neben ihr saß und blinzelte. Sie bewegte ihre Hand zu seinem Schoss und massierte ihn durch den Stoff seiner Anzughose.

„Warum machst du es dir nicht gemütlicher? Zieh dieses Sakko aus."

Mark zog sein Sakko aus und hängte es über einen der Stühle im Wohnzimmer. Dann lockerte er seine Krawatte und legte sie auf den gleichen Stuhl. Er setzte sich zurück auf die Couch. Angela bemerkte, dass er eine erhebliche Beule in seiner Hose hatte. Sie entschied, dass sie etwas damit anstellen wollte. Sie öffnete langsam den Reißverschluss und befreite sein steifes Glied. Sie konnte sich gut vom letzten Mal, als sie zusammen waren, an diesen Penis erinnern. Es war ein gutaussehender Schwanz. Beschnitten, muskulös, pulsierend und auf der Suche nach Befreiung. Sie kniete sich vor ihn hin und blickte in seine Augen. Er sah sie an und lächelte. Dann zog sie seine Hose vollständig aus und schob die Boxershorts nach unten. Sie umfasste seine Hoden mit einer Hand und legte ihren Mund auf die Spitze seiner Männlichkeit. Sie küsste seinen Schwanz und arbeitete sich von der Spitze den ganzen Weg hinunter zum Ansatz weiter. Dann begann sie mit ihrer Zunge Kreise um seine Eier zu zeichnen und leckte seinen Schaft. Dann nahm sie ihn zwischen ihre Lippen, begann ihren Kopf zu bewegen und fickte seinen Schwanz mit ihrem nassen Mund. Nach ein paar Minuten packte Mark ihren Hinterkopf. Er war bereit zu explodieren. Er ließ sich in ihrem Mund gehen und sie schluckte hungrig seinen ganzen Saft. Nachdem sie diesen, ihrer Meinung nach angenehmen, Blowjob beendet hatte und zurück neben ihn auf die Couch geklettert war, schmiegte sie sich an seine Brust.

Nachdem sie etwa die Hälfte des Films gesehen hatten, drehte Mark seinen Kopf und küsste Angelas dickes braunes Haar.

„Gott, du bist so schön", sagte er mit einem sehr ehrlichen Tonfall. „Ich könnte mich daran gewöhnen."

„Ich liebe es auch, wenn du herüber kommst. Aber du hast dein Versprechen noch nicht eingelöst. Du hattest gesagt, dass du mich ficken würdest."

Angela hob ihren Kopf und blickte in Marks große blaue Augen. Mark beugte sich für einen Kuss nach vorn und Angela küsste ihn zurück. Sie glitt mit den Fingern durch Marks schwarzes Haar und begann leidenschaftlich sich mit ihm zu vergnügen. Dann zog er sich kurz weg und sie lehnte sich auf der Couch zurück. Er positionierte sich auf ihr und schob ihre Pyjamahose hinunter.

„Kondome sind in dem Schrank dort drüben", sagte sie sachlich.

Mark nahm ein Kondom und streifte es über. Dann drang er in sie ein und sie begannen, Liebe zu machen. Zehn Minuten danach stand sie kurz vor einem Orgasmus. Sie begann zu keuchen und seinen Namen zu schreien.

„Mark! Mark! Oh, ja", rief sie aus.

Mark war im gleichen Moment bereit zu kommen und die beiden genossen einen Höhepunkt voller Ekstase. Dann zog sich Mark zurück und entsorgte das Kondom. Danach sahen sie sich Arm in Arm aneinander gekuschelt den Rest des Films an. Sie verbrachten diese Nacht gemeinsam in ihrem großen Bett. Mark musste früh aufstehen, um nach Hause zu gehen und sich für ein Sales Meeting umzuziehen. Angela küsste ihn zum Abschied und blieb noch eine Stunde faul im Bett. Sie konnte scheinbar nicht damit aufhören, verschmitzt und mädchenhaft zu grinsen. Der Sex mit Mark und ihr baldiges Date mit Anderson besagten, dass die Dinge in ihrem Leben ziemlich gut liefen.

Angela entschloss, Maxine vor der Arbeit anzurufen. Immer wenn sie sich glücklich fühlte, verspürte sie das Bedürfnis, dieses Gefühl mit ihrer besten Freundin zu teilen. Maxine hob nach einigem Klingeln ab.

„Meine Freundin!", sagte sie aufgeregt.

„Ich musste dich einfach anrufen!", rief Angela aus. „Ich habe so viele gute Nachrichten. Ich habe am Freitag ein Date mit Anderson im Carolina's und ich habe letzte Nacht mit Mark geschlafen."

„Du hast eine Glückssträhne, meine Liebe!", rief Maxine. „Teile diese guten Vibes mit mir!"

„Oh, du bist auch gut dran", sagte Angela wohlwollend. „Du hast einen großartigen Ehemann. Und ein Baby ist unterwegs!"

„Ich wette du und Mr. Cromby werdet bald in der Lage sein, das gleiche zu sagen. Hast du schon eine Idee, wie du das Kind nennen wirst?"

Angela lachte. „Verschone mich, Maxine! Wie auch immer, ich wünsche dir einen schönen Tag. Ich werde meinen schon irgendwie überstehen, obwohl ich sehr aufgeregt wegen Freitag bin. Wir hören uns später."

Angela verbrachte diesen Tag im Büro mit einfacher Papierarbeit. Sie musste sich mit einigen Kunden in Verbindung setzen um zu sicher zu gehen, dass ihr Zeitplan synchron war. Eric blieb an ihrem Arbeitsplatz stehen, um zu sehen wie es lief. Sie redeten eine Weile miteinander. Angela war immer schon gut mit Eric ausgekommen. Er war ein toller Chef. Sehr fair und vernünftig. Heute schien er besonders aufgeregt zu sein aufgrund der Fusion und der Tatsache, dass Andersons Konglomerat nun ihr größter Kunde sein würde.

„Das ist eine große Sache, Angela", sagte er. „Sobald alles abgeschlossen ist, wird es einige neue Stellen hier geben. Leiste weiterhin gute Arbeit, es könnte neue Möglichkeiten für dich geben. Du bist eine unserer engagiertesten Mitarbeiterinnen."

Angela konnte nur lächeln und mit einem herzlichen „Vielen Dank, Sir" antworten.

Während ihrer Mittagspause beschloss Angela, ihre Mutter anzurufen. Sie hatte seit einer oder zwei Wochen nicht mehr mit ihr gesprochen und sie wollte sich informieren, wie es ihr ging. Angela liebte ihre Mutter von ganzem Herzen. Seitdem ihr Vater gestorben war, war Karen eigentlich das einzige enge Familienmitglied, das sie hatte. Ihre Schwester Rosalie, die ihr am nächsten stand, war dabei, ihren Master in einem weit entfernten College zu machen und konnte es sich nur leisten, zu besonderen Anlässen nach Hause zu kommen. Da auch Karen in der Stadt wohnte versuchte Angela stets, das Beste aus ihrer Nähe zu machen und eine enge Verbindung zu ihr aufrecht zu erhalten. Angela nahm ihr Telefon und wählte die Nummer ihrer Mutter.

„Hallo?", antwortete Karen.

„Hallo Mama!", rief Angela aufgeregt aus.

„Liebling! Wie geht es dir? Ich habe seit einer Woche nichts von dir gehört. Ich habe deine Anwaltskanzlei in den Nachrichten gesehen. Es sieht aus, als würden aufregende Dinge passieren."

„Darauf kannst du wetten, Mama. Die Dinge könnten nicht besser laufen. Ich habe gerade mit Eric gesprochen und er sagte, dass es eine Menge neuer Möglichkeiten geben wird, da wir nun so einen wichtigen Kunden haben."

„Das sind wundervolle Neuigkeiten, Angela. Was gibt es sonst Neues? Etwas über einen neuen Freund vielleicht?" Angelas Mutter war immer sehr neugierig darüber, ob sich Angela niederließ oder nicht. Sie wollte ihre älteste Tochter glücklich sehen. Und oft sagte sie, dass sie sich wünschte, eines Tages Enkelkinder zu haben.

„Oh Mama, du weißt doch, dass ich es dir sofort sagen werde, wenn ich eine Beziehung eingehe. Ich liebe es im Moment einfach, Single zu sein. Aber ich habe ein großartiges Date am Freitag. Mit Anderson Cromby."

5

WONACH SIE SICH SEHNT BUCH ZWEI

In dieser Fortsetzung des ersten Buchs finden wir eine aufgeregte Angela Hayes, die sich auf das große Date mit Anderson Cromby vorbereitet. Das Date erweist sich als sehr aufregend, da Anderson wahrhaft der Playboy ist, von dem Angela geträumt hat. Anderson kümmert sich um alles, von einer schwarzen Stretch-Limousine bis hin zu einem wundervollen Abendessen, bei dem alles auf der Speisekarte mindestens $100 Dollar kostet. Sie verspeisen das Abendessen, tanzen und treffen sogar ein anderes Pärchen.

Der Abend wird noch spannender, als sie dieses hochrangige Pärchen für ein paar Drinks zu Hause besuchen. Sexuelle Erlebnisse folgen und hinterlassen in Angela Erinnerungen, die sie ihr ganzes Leben lang nicht vergessen wird. Leider wird Maxine krank und Angela muss sie gemeinsam mit ihrem loyalen Ehemann Henry pflegen. Aber irgendwie schafft es Angela trotzdem, ein wenig Zeit mit ihrem Liebhaber Mark zu verbringen. Mark ist wahrhaftig so leidenschaftlich wie er bei den vorherigen Dates war und erneut wird Angela in ein sexuelles Vergnügen getrieben, das die meisten Frauen nicht einmal zu erträumen wagen.

6

DAS GROSSE DATE

Als Freitag Abend da war, dachte Angela darüber nach wie ihr Date mit Anderson in einem unglaublichen Erfolg enden konnte. Sie stellte sich vor, wie sie beide Champagner tranken und mit einer schwarzen Stretch-Limousine im Restaurant ankamen. Sie dachte darüber nach, was nach dem Abendessen passieren würde und wie sie ihn nach Hause begleiten würde. Dann fiel ihr ein, dass sie noch nicht einmal wusste, wo er lebte. Sie musste sich daran erinnern, ihn zu fragen. Sie stellte sich vor, dass er mehrere exklusive Häuser in der Stadt und auf dem Land haben würde.

Als es schließlich Zeit für ihr Date war, musste sie sich entscheiden, welches Kleid sie tragen sollte. Sie blickte in ihren Schrank und sah einige unterschiedliche Optionen. Sie hatte ein tolles schwarzes, trägerloses Kleid, das sehr eng und sexy war. Sie hatte ein nachtblaues Kleid, das kurz geschnitten war und ihre großen Brüste betonte. Sie hatte auch ein schönes gelbes Kleid, welches einen sexy Schlitz bis zum Schenkel hatte. Am Ende wählte sie das schwarze trägerlose Kleid, das sowohl erlesen als auch sexy aussah.

Ein paar Minuten nach sechs Uhr läutete ihr Telefon. Es war

Andersons Fahrer, der sie anrief um ihr mitzuteilen, dass er vor der Türe stand und bereit war, zu fahren. Angela nahm den Lift nach unten und ging zu der großen Stretch-Limousine. Der Fahrer öffnete die hintere Türe und Angela glitt auf die komfortablen Ledersitze. Anderson saß im Inneren und las eine Zeitung, er trug einen schwarzen stylischen Armani-Anzug. Er legte die Zeitung ab, sobald sie eingestiegen war und schenkte ihr ein sinnliches Lächeln.

„Hallo Angela!", sagte er. „Es ist großartig, dich wiederzusehen! Du siehst absolut atemberaubend aus."

„Danke Anderson. Du siehst auch sehr gut aus. Mir gefällt dein Anzug."

„Ach, danke für das Kompliment. Ich habe Dutzende davon. Wenn ich einen Anzug finde der mir gefällt, trage ich meinem Schneider auf, mehrere davon zu fertigen. Ich bin noch nie ein Mann gewesen, der Interesse dafür hat, jeden Tag ein neues Outfit zu wählen."

„Ich hatte ungefähr drei Optionen für heute Abend", sagte Angela und lachte ein wenig. „Ich bin froh dass ich dieses schwarze Kleid gewählt habe. Nun passen wir zusammen!"

Anderson lachte und griff nach einer Flasche Champagner. Er öffnete sie und füllte zwei Sektgläser ein.

„Möchtest du mit ein wenig Champagner beginnen?", fragte Anderson.

„Das klingt wundervoll", antwortete Angela. „Und wie laufen übrigens die Geschäfte? Ich habe gesehen, dass du den Wirtschaftsteil gelesen hast."

„Oh ja, ich versuche immer über die finanziellen Neuigkeiten informiert zu bleiben. Als Chef eines Konglomerats, das im Moment in eine Fusion involviert ist, muss ich das tun. Es ist mein Job. Was mich daran erinnert, dass deine Firma eine tolle Arbeit leistet. Ich werde mit Eric darüber reden müssen, dir eine Beförderung zu geben. Er hat deinen Namen persönlich erwähnt."

„Nun, das wäre großartig", sagte Angela. „Weißt du, in der Tat habe ich wirklich sehr hart an deinem Dossier gearbeitet. Unser gesamtes Team wird die juristische Arbeit der Fusion sehr gewissen-haft erledigen. Darauf kannst du zählen."

„Wundervoll. Lass uns jedoch nicht über Geschäfte sprechen. Deshalb habe ich dich nicht um ein Date gebeten."

„Warum hast du mich um ein Date gebeten, Anderson, wenn ich das fragen darf?", äußerte Angela und hob eine Augenbraue, während sie Anderson anblickte.

„Nun, deshalb."

Anderson positionierte sich näher an Angela, damit er auf dem bequemen Leder an ihrer Seite war. Er legte dann eine Hand auf ihren Schenkel. Angela hob ihren Kopf und suchte Augenkontakt mit ihm. Ihre Blicke hingen ein paar Momente aneinander. Dann beugte sich Anderson langsam zu ihr und ließ den Moment noch länger andauern. Endlich überwand er die Entfernung zwischen ihnen und küsste sie weich auf ihre Lippen. Der Kuss dauerte eine Weile an, dann zog sich Anderson zurück. Es war der reizvollste Kuss, den Angela je erlebt hatte. Sie stellte sich vor, dass das nur ein Teil der Dinge war, die folgen würden. Wenn Anderson sie bereits küsste, konnte sie sich nur vorstellen, wie gewagt er später am Abend sein würde.

Angela beschloss, Anderson einen kleinen Vorgeschmack der Dinge zu geben, die kommen würden.

„Sieh mal was ich kann", sagte sie.

Dann nahm sie den Kaugummi aus ihrem Mund, den sie kaute. Sie ging vor Anderson auf die Knie und öffnete langsam seinen Reiß-verschluss. Sie konnte spüren, dass er bereits dabei war, unter seiner Hose hart zu werden. Dann nahm sie seinen Schwanz heraus. Er war fast steif. Es war ein schöner Schwanz. Er war geformt wie ein Liebes-muskel und bat darum, verwöhnt zu werden.

Angela nahm Andersons Schwanz in den Mund und kreiste langsam mit der Zunge um ihn. Sie griff fest mit der anderen Hand nach seinen Eiern, umfasste sie und spielte damit. Anderson lehnte sich in seinen Sitz zurück uns stöhnte, er legte die Hände hinter seinen Kopf. Ziemlich schnell war sein Schwanz hart wie Stahl und vollkommen steif. Angela bewegte ihren hübschen Kopf an seinem

Schaft auf und ab, sie schenkte der Spitze besondere Aufmerksamkeit mit ihrer Zunge. Sie leckte seinen Lusttropfen weg und spielte mit seinen Eiern. Anderson konnte das nur ein paar Minuten aushalten. Schon bald war er bereit zu kommen.

„Ich komme gleich, Angela", sagte er atemlos, eine Schweißperle lief seine Stirn hinunter.

„Komme in meinen Mund, Baby", sagte sie mit einer sexy und sinnlichen Stimme. Anderson begann seine Hüften nach oben und unten zu bewegen, das war ein Anzeichen, dass er auf der Schwelle war. Dann schoss sein Schwanz seinen heißen Samen in ihren Mund und ihren Hals hinunter. Mit jedem Zucken floss mehr und mehr Saft in Angelas Mund. Sie schätzte den Geschmack und strengte sich an, um alles zu schlucken.

Dann hob sie sich, glitt zurück auf den Sitz an seiner Seite und küsste ihn auf die Wange. Sie fuhr mit zwei Fingern durch sein Haar.

„Wie war das, Baby?", fragte sie.

„Das war der beste Blowjob, den ich seit langem bekommen habe", erklärte Anderson.

Angela freute sich über das Kompliment. Als sie durch die Straßen fuhren, blickte Angela aus dem Fenster. Es war eine geschäftige Nacht in der Stadt. Es waren viele heiße Mädchen und Kerle unterwegs, die zu Clubbings gingen. Sie dachte mit Freude an die Erinnerungen daran, als sie eine junge Frau in ihren Zwanzigern war. Als sie in das College ging, war sie oft mit ihren Freunden ausgegangen. Nun fuhr sie an den Clubs vorbei und saß in einer Limo mit dem reichsten Mann der Stadt.

Angela und Anderson sprachen über unterschiedliche Dinge. Sie redeten darüber, wie sich die lokalen Sportmannschaften schlugen. Dann erwähnte Anderson seine letzte Reise nach Afrika.

„Ich war geschäftlich in Südafrika, um mir eines unserer neuen Büros anzusehen und Feedback zu erhalten. Wir haben schließlich eine Safari gemacht und ich habe einige wirklich interessante Tiere gesehen. Einer der Vorteile, ein Konglomerat zu besitzen, nehme ich an."

„Das klingt wundervoll. Ich habe nicht oft die Möglichkeit zu reisen aber wenn ich es tue mag ich es, mir einen Ort vollständig anzusehen. Ich habe eine Vorliebe für Paris in meinem Herzen. Ich war in meinen 20ern dort und habe riesige Lust, wieder hinzureisen. Auch Hawaii gefällt mir."

„Paris ist großartig. Wir haben im Moment keine in Frankreich befindlichen Operationen, aber wir denken daran, unsere Wirtschaftsbasis zu erweitern, um es einzuschließen. Viele unsere Konkurrenten betreiben Business dort."

Als sich ihre Konversation vertiefte, wurden sie vom Fahrer unterbrochen der ankündigte, dass sie im Carolina's angekommen waren. Der Fahrer öffnete die Türe für Angela, die aus dem Fahrzeug stieg und dann Andersons Arm nahm. Er brachte sie zu den Glastüren des Restaurants und betrat den Empfangsbereich. Angela war noch nie zuvor in diesem Restaurant gewesen, aber sie hatte davon gelesen. Nichts auf der Speisekarte kostete weniger als $100 und die Weinflaschen lagen durchschnittlich bei tausenden Dollar.

„Dieser Ort sieht großartig aus!", rief Angela aus. „Vielen Dank, dass du ihn gewählt und mich hierher gebracht hast."

„Es ist eines meiner Lieblingsrestaurants", antwortete Anderson. „Ich bin froh, die Möglichkeit zu haben, es dir zu zeigen."

Sie gingen vorbei an den Gästen bis zum Ende des Restaurants. Ihr Tisch stand vor einigen großen Fenstern. Das abendliche Ambiente war spürbar. Einige Tische entfernt spielte eine Jazzband ein Cover von Miles Davis. Es gab eine Tanzfläche, aber es schien, dass sich bislang noch niemand darauf gewagt hatte. Anderson beschloss, den Ball ins Rollen zu bringen.

„Komm, lass uns tanzen, bevor unsere Drinks kommen", sagte er.

Angela fühlte sich ein wenig nervös. Sie liebte es zu tanzen, aber es war eine Weile vergangen, seitdem sie es das letzte Mal gemacht hatte. Sie beschloss, Anderson die Führung zu gewähren und sich auf die Tanzfläche begleiten zu lassen. Sie stand auf und folgte ihm.

„Wir werden uns näher kommen müssen", sagte er und legte eine Hand auf ihren Rücken, damit brachte er sie näher an sich und sie waren nur mehr einige Zentimeter voneinander entfernt. Dann griff

Anderson mit seiner anderen Hand auf ihren Hintern. Er packte ihn fest an und spreizte ihre Pobacken mit seiner kräftigen Hand. Seine Finger wanderten den dünnen Stoff ihres Kleides entlang und reizten ihre Ritze.

Sie konnte sein teures Parfum riechen. Es war ein betörender Duft. Sie konnte nicht genau sagen was es war, aber wenn sie gezwungen gewesen wäre, hätte sie geraten, dass es Hugo Boss war. Wie auch immer, er duftete großartig. Seine starken Arme hielten sie sehr fest und auf vertraute Weise.

Sie tanzten mehrere Lieder miteinander. Als sie begonnen hatten, waren sie die einzigen gewesen. Nach ein paar Minuten gesellten sich mehrere andere Pärchen zu ihnen. Angela sah sich um. Die anderen Tänzer trugen hauptsächlich teure Tuxedos und Anzüge. Die Frauen waren auch sehr extravagant gekleidet, mit feiner Abendgarderobe.

„Kennst du noch jemanden in diesem Restaurant?", frage Angela. Sie war sich nicht sicher, warum sie diese Frage gestellt hatte. Sie stellte sich vor, dass er vielleicht mehrere Leute hier kannte, da es ein Ort war, den er ziemlich oft besuchte. Jemand in seiner Position war möglicherweise gut eingebunden und deshalb war es ziemlich wahrscheinlich, dass er einige Gesichter wiedererkannte.

„In der Tat, ja, ich habe bereits Augenkontakt mit einigen Bekannten aufgenommen. Vor allem Bänker kommen hier her. Es ist ein Hot Spot für Leute aus dem Finanzbereich. Unsere Firma ist Kunde von einigen Investmentbanken in der Stadt. Der Chef der nationalen Schatzkammer ist heute Abend ebenso hier. Sein Name ist Frank Edwards. Er ist ein großartiger Kumpel. Wenn wir mit dem Tanzen fertig sind, werde ich dich ihm und seiner Frau vorstellen."

„Das wäre wundervoll, vielen Dank!", rief Angela aus.

Sie tanzten noch einige Lieder miteinander und gingen danach zurück zu ihrem Platz. Eine Flasche Wein war geöffnet und von ihrem Kellner auf den Tisch gestellt worden. Auch ihre Gläser waren bereits gefüllt.

„Stoßen wir an!", sagte Anderson. „Auf neue Beziehungen!"

„Auf neue Beziehungen!", wiederholte Angela und sie beugten

sich zueinander, um sich zu küssen. Seine Lippen waren wieder sehr weich und sie fand es unmöglich, nicht aufgeregt zu sein. Sie fühlte eine Regung in ihrem Kern, jedes Mal wenn seine Lippen ihre berührten.

Sie nippten ein paar Minuten an ihrem Wein, ohne ein Gespräch zu beginnen. Sein Augenkontakt brachte sie dazu, sich zu fühlen, als wäre sie die einzige Frau in dem Raum. Sie hatte sich noch nie so sexy gefühlt. Als sie nach einer Brotstange griff, brachte Anderson seine Hand auch nach vorn und sie berührten sich. Dann ergriff Anderson ihre Hand auf vertraute Weise und sie hielten eine Weile Händchen.

Anderson und Angela waren in ein Gespräch verwickelt, als Frank Edwards, ein großer Mann mit einem runden Bauch ihren Tisch erreichte. Seine Frau, eine elegant bekleidete Dame in den Vierzigern, begleitete ihn. Sie trug ein raffiniertes Satinkleid und Stöckelschuhe.

„Frank!", rief Anderson aus. „Schön dich zu sehen!"

Anderson streckte seine Hand aus und ergriff Franks mit einem festen Handschlag.

„Wie ich sehe, hast du deine reizende Frau mitgebracht", fuhr Anderson fort. „Amanda, es freut mich, dich zu sehen."

„Gleichfalls", antwortete Amanda. Angela konnte einen leichten englischen Akzent ihn ihrer Stimme hören.

Anderson verschwendete keine Zeit und stellte dem hochrangigen Pärchen Angela vor.

„Frank, Amanda, erlaubt mir, euch mein Date vorzustellen. Das ist Angela Hayes. Wir haben uns vor ein paar Tagen im Fitnessstudio kennengelernt. Sie arbeitet in der Anwaltskanzlei, die sich um die Papierarbeit für unsere Fusion kümmert."

„Es ist eine große Freude, Sie beide kennenzulernen", sagte Angela. „Ich habe Sie sehr oft in der Zeitung gesehen, Mr. Edwards. Ihre Frau ist wirklich zauberhaft."

„Bitte, nenne mich Frank," sagte Frank. „Ich habe euch beide gerade auf der Tanzfläche gesehen. Ihr seid ein sehr gutaussehendes

Pärchen. Wollt ihr beiden nach dem Date für einen Drink in unsere neue Wohnung kommen? Sie ist nur einige Häuser von hier in Richtung Norden entfernt. Geht einfach die Montgomery Street entlang und ihr werdet ein hohes, silbernes Gebäude auf der linken Seite finden. Unser Name ist im Namensverzeichnis zu finden, wir werden euch hinauflassen."

„Ein großartiger Vorschlag", sagte Anderson. „Ich werde dir Bescheid sagen, wenn wir uns dazu entscheiden."

„Nun, es war wundervoll, euch in die Arme zu laufen", sagte Frank ehrlich. „Genießt den Rest des Abends".

Frank und seine Frau gingen zurück zu ihrem Tisch auf der anderen Seite des Raums.

„Möchtest du danach ein wenig Zeit mit ihnen verbringen?", fragte Anderson ziemlich direkt.

„Klar, aber vielleicht können wir davor ein wenig mit deiner Limo herumfahren, Champagner trinken und ein wenig reden."

Als Angela das sagte, berührte sie Andersons Bein unter dem Tisch und bewegte sich entlang des Hosenbeins nach oben zu seinem Schritt, dann machte sie mit ihrem Fuß kreisende Bewegungen. Anderson schluckte. Dann wanderten Angelas Zehen um seinen Schwanz, spielten mit seinen Eiern und seinem Schaft. Sie zog mit ihrer Fußsohle seinen Schwanz nach und spürte schnell, wie er aufgrund ihrer Berührung hart wurde.

Ihre Mahlzeit kamen einige Momente später an. Sie bestand aus einem Shrimp-Cocktail und einem medium gegarten Lendensteak. Auch der Wein wurde an den Tisch gebracht und nach ihrer zweiten Flasche war Angela ziemlich angeheitert.

„Weißt du, ich muss dir ein Geständnis machen", sagte Angela.

„Ach so?"

„Ich habe mir bereits gedacht, dass du niedlich bist, als ich dich im Fernsehen gesehen habe. Ich habe mit meiner Freundin Maxine über dich gesprochen. Seitdem ich dich das erste Mal gesehen habe, wusste ich einfach, dass ich mir etwas einfallen lassen musste, um dich zu treffen.

Anderson lachte.

„Als ich dich im Fitnessstudio gesehen habe, wusste ich sofort, dass ich dich in meinem Leben wollte. Ich wusste nicht wie oder aus welchem Grund, aber ich wusste einfach, dass ich ein Date mit dir wollte!"

Angela freute sich sehr, das von ihm zu hören.

7

NACH DEM DATE

Ihre Mahlzeit war eine der köstlichsten, die sie in letzter Zeit hatte. Sie verschlang das perfekt gekochte Steak und das gedünstete Gemüse und sie begannen eine dritte Flasche von feinstem französischen Cabernet. Angela war bereit für ein wenig heißes Flirten. Anderson zahlte die Rechnung mit einer seiner vielen Kreditkarten und stand auf; er half Angela dabei, von ihrem Platz aufzustehen.

„Ich bin beschwipst!", sagte Angela und kicherte.

„Gut! Ich spüre es auch. Lass uns ein wenig herumfahren. Wir müssen Frank nicht besuchen, aber wenn du willst, können wir es tun."

„Kann ich Maxine aus der Limo anrufen? Ich möchte ihr erzählen, wie viel Spaß wir haben."

„Natürlich!"

Sie verließen das schöne Restaurant und stiegen in Andersons Limo.

„Während du Maxine anrufst, werde ich ein paar geschäftliche E-Mails versenden. Pat! Kannst du uns eine Weile herumfahren? Wir müssen uns ein wenig von dem Abendessen erholen. Danke."

Pat, der Limo-Fahrer antwortete nickend. Angela zog ihr Mobiltelefon heraus und rief Maxine an.

„Meine Liebe! Rate mal wo ich bin? Das ist richtig! In einer Limousine mit dem reizvollsten Mann der Stadt!"

Anderson lachte wieder. Es war ein angenehmes, tiefes, männliches Lächeln. Angela und Maxine quatschten ein wenig. Sie sprachen darüber, dass sich Maxine in letzter Zeit nicht so gut fühlte. Sie hatte eine Grippe. Sie war bereits beim Arzt gewesen und dieser hatte gesagt, dass es nichts gab, das sie tun konnte, außer die Symptome auskurieren und ein fiebersenkendes Mittel zu nehmen.

Angela rutschte hinüber zu Anderson und setzte sich auf seinen Schoss. Er legte sein Telefon weg und wickelte seine Arme um ihre Taille. Sie gaben sich einen tiefen, leidenschaftlichen Kuss. Sie machten ziemlich lange miteinander herum, während sie der Fahrer durch verschiedene Teile der Stadt brachte. Anderson griff in den Ausschnitt ihres Kleids und fühlte eine ihrer straffen, großen Brüste. Er massierte sie feurig, fühlte ihr Gewicht und genoss, wie sie sich in seiner Hand anfühlte. Angela stöhnte vor Gefallen.

Dann bewegte sich Anderson auf Angela zu. Er schob ihren eleganten Rock hinauf und begann, mit seiner rechten Hand mit ihrer Muschi zu spielen. Sie war schon dabei, aufgrund seiner Berührung nass zu werden. Er rieb ihre Klitoris, bis sie geschwollen und nass war, dann schob er zwei Finger in sie. Angela stöhnte, während sich seine Finger in ihr bewegten und bei jedem Stoß ihren G-Punkt berührten.

Seine linke Hand zog das Oberteil ihres Kleids komplett hinunter, legte ihre kecken, milchig weißen Brüste frei. Angela hob ihre Hüften und schob ihr rotes Satinhöschen die Beine hinunter, dabei legte sie ihren feuchten Hügel frei. Andersons Augen leuchteten vor Verlangen beim Anblick dieser perfekt rasierten Muschi.

Er zog seine Hose aus und spreizte ihre Beine breit, dann positionierte er seinen steifen Schwanz direkt vor ihre Muschi. Er stöhnte, während er ihre Lippen reizte und ihren Schlitz mit der Spitze seines Schwanzes öffnete. Angela war so aufgeheizt, dass die Säfte ihrer Erregung seine Eichel einweichten.

Schließlich hielt es Anderson nicht mehr aus und mit einer kräftigen Bewegung war er in ihr. Während er sich wieder und wieder tief in sie stieß, leckte und saugte er an ihren erotischen Brüsten und küsste sie den ganzen Weg von ihren Nippeln hoch zu ihren Lippen. Jedes Mal, wenn Anderson sie penetrierte, fühlte sie sich der Ekstase immer näher. Als Angela begann ihren Höhepunkt zu erreichen, versteifte sich ihr Körper und sie hob ihre Hüften an, um Andersons Schwanz dazu zu zwingen, tiefer in sie zu dringen, während ihre Beine begannen zu zittern. Sie rief Andersons Name aus, während ihr Orgasmus durch ihren ganzen Körper schwappte, sie griff nach Andersons Hintern und hielt ihn in sich fest. Sie atmete tief ein, während ihr Orgasmus begann abzuklingen und ihr Körper sich entspannte.

Anderson nahm den Rhythmus wieder auf, stieß fest in ihre enge, nasse Muschi bis auch er einen monumentalen Orgasmus bekam. Er stöhnte laut, während er eine riesige heiße Ladung Sperma in Angela schoss, er drückte ihren Hintern, während sein Orgasmus die Kontrolle übernahm. Als sein Höhepunkt abklang, fiel er zurück auf seinen Sitz und keuchte heftig. Ohne weitere Wörter zu wechseln zogen sie sich wieder an, hielten Händchen und lachten zusammen.

Nachdem sie eine Weile herumgefahren waren, blickte Angela auf ihr Telefon und sah, dass es bereits elf Uhr war. Sie sagte es Anderson und sie beschlossen, dass es an der Zeit war, Frank und Amanda zu besuchen. Pat brachte sie zurück durch die Stadt und in die Nachbarschaft des Restaurants, in dem sie das Abendessen verspeist hatten. Er fuhr zu Franks Haus, öffnete die Türe für sie und ließ sie auf dem Gehsteig heraus.

„Danke, Pat", sagte Anderson

„Danke", wiederholte Angela. Angela lächelte benommen aufgrund des Alkohols. Sie nahm Andersons Arm und während sie immer noch kicherte, ging sie mit ihm zum Eingang des Hauses. Anderson küsste sie auf eine liebevolle, leidenschaftliche Weise auf die Stirn.

Das fröhliche Pärchen klingelte, nahm den Lift nach oben in den 32sten Stock und ging in Franks und Amandas Wohnung. Es war ein

schön dekorierter Ort mit Parkett, einem großen Klavier, einer schönen, großen Küche, sowie mehreren Bade- und Schlafzimmern.

Amanda ging zu Angela und umarmte sie warmherzig.

„Es ist so schön dich zu sehen! Wir hatten gehofft, dass ihr euch
dafür entscheidet, bei uns vorbeizukommen", sagte Amanda. „Kann
ich dir einen Drink anbieten? Wir haben Wein, Spirituosen, Bier,
Saft, oder mein persönliches Lieblingsgetränk, spanischen Kaffee."

„Ich werde den Kaffee versuchen", sagte Amanda, sie war immer
noch beeindruckt von der Schönheit der Wohnung und der Qualität
ihrer Gesellschaft.

Die vier setzten sie auf eines der komfortablen Leder-Sofas, die
so positioniert waren, um den atemberaubenden Blick auf die
Straßen und die Lichter der Stadt zu genießen.

„Nun, Angela, erzähle uns von deinem aktuellen Job", sagte Frank
auf eine ruhige, väterliche Weise.

„Nun, ich arbeite seit über fünf Jahren dort. Mein Chef Eric ist
wundervoll. Ich kümmere mich um die juristische Arbeit und die
Prüfung der Daten, wenn wir von einem großen Kunden engagiert
werden. Ich bin eine der leitenden Personen des Teams, welches
Andersons Fusion betreut. Ich freue mich darauf, für dieses Dossier
eine gute Arbeit zu leisten."

„Sie leistet bereits gute Arbeit", warf Anderson ein. „Wir sind sehr
mit der Ebene der juristischen Unterstützung zufrieden, die unsere
Fusion erhält. Wir arbeiten seit ein paar Wochen daran, aber wir
glauben, dass der gesamte Prozess glatt verlaufen wird, Gott sei
Dank."

„Hat dir schon einmal jemand ein anderes Jobangebot gemacht?",
fragte Frank Angela.

„Hm, ich bin mir nicht sicher was Sie meinen, Sir. Die Arbeit war
immer beständig für mich, seitdem ich zu unserer Firma gekommen
bin. Es gefällt mir dort."

„Ich werde dir erklären, was ich meine, Angela. In unserem Büro
wird eine Stelle als Leiter des Rechtsbeistands in der Schatzkammer
frei. Ich fragte mich, ob du ein Vorstellungsgespräch dafür machen

möchtest. Ich bin eine der Personen im Einstellungskomitee, deshalb würdest du mindestens ein freundliches Gesicht dort finden. Ich glaube, du könntest perfekt dafür sein."

Angela stellte fest, dass Frank wirklich gut darin war, Personen einzuschätzen. Er hatte sie erst vor kurzer Zeit kennengelernt, aber das war eine Art von Gelegenheit, die Angela begehrte. Sie war schließlich seit fünf Jahren bei ihrer Firma und die Dinge stagnierten ein wenig. Ihre Fortschritte in den fünf Jahren waren nicht gerade überwältigend gewesen. Sie verdiente gutes Geld, natürlich, aber ihre Arbeit war nicht so glamourös, wie die mit Frank sein würde.

„Ich werde das definitiv in Betracht ziehen, Mr. Edwards – ich meine Frank. Würden Sie mir bitte Ihre Visitenkarte geben?"

Frank stand auf und durchquerte den Raum zur anderen Seite des Ledersofas. Er setzte sich neben Angela, zog eine Visitenkarte aus seiner Geldtasche und gab sie ihr.

Frank Edwards
Leiter der Nationalen Schatzkammer
(416) 555-8232
f.edward@gov.org

„Vielen Dank, Sir", sagte sie.

„Kontaktiere mich einfach nächste Woche und wir werden es arrangieren, dass du uns besuchen kommst. Wenn du dich dafür entscheidest, deinen aktuellen Job weiterzumachen, wird es keine negativen Folgen haben. Es ist einfach etwas, das du in Betracht ziehen kannst. Ich bin ziemlich gut darin, die Vorzüge einer Person einzuschätzen und ich glaube, dass du großartig in unser Team passen würdest."

„Nun", warf Amanda ein. „Wer möchte ein wenig Tequila? Werde jetzt bloß nicht weich, Anderson. Schmeckt dir dein spanischer Kaffee, meine Liebe?"

„Ja, er schmeckt mir sehr gut", sagte Angela. Sie nahm einen weiteren Schluck. Er war sehr warm und schmeckte stark nach

Whiskey. Es war die Art von Getränk, die dich flachlegen und noch betrunkener machen konnte, als du bereits warst. Natürlich tat das der Tequila ebenso.

Amanda stellte einige Shots in einer Linie auf und alle vier tranken ein paar Runden. Als die Zeit für Andersons ersten Shot gekommen war, streute er ein wenig Salz auf Angelas Schlüsselbein und leckte es weg, bevor er den Shot trank, dann saugte er an einer Zitronenscheibe um den Effekt zu vervollständigen. Angela war ein wenig schwindlig und sie lachte laut.

„Wer will Angelas Höschen sehen?" fragte Anderson.

„Ich!", rief Frank.

Bevor es Angela bemerkte, hatte Anderson ihr Kleid gehoben. Nicht nur das, er hatte sie über sein Knie gelegt und versohlte ihren Hintern. Dann beschloss er, dass die drei einen Blick auf Angelas nackten Arsch werfen sollten. Deshalb zog er ihr Höschen hinunter und spreizte ihre Pobacken, legte ihre Muschi und ihr Arschloch vor der einladenden Menge frei.

„Das ist nicht fair!", rief Angela. „Ich bin betrunken!"

„Das ist keine Ausrede", sagte Amanda.

Plötzlich legte Amanda ihre Hand auf Angelas nackte Arschbacke, drückte sie und versohlte sie. Sie tat das ein paar Male, indem sie jedes Mal ihre Backe drückte, wenn sie die Hand nach unten fallen ließ.

„Ich will ihre Muschi sehen!", sagte Amanda. „Aus der Nähe."

Angela war genau im richtigen, angeheiterten Zustand, in dem es sie nicht mehr interessierte, dagegen anzukämpfen. Außerdem hatten alle getrunken, also was war schon dabei, wenn sie ein wenig ausgelassen wurden?

Angela lehnte sich auf das Sofa zurück, hob ihre Hüften, und spreizte ihre Muschi, um sie allen zu zeigen. Amanda verlor keine Zeit und warf einen Blick aus der Nähe darauf. Sie legte sich vor sie hin und leckte eine Linie, die bei ihrer Arschfalte begann und bis zu der Spitze ihrer Muschi führte. Sie hielt auf ihrem Kitzler inne und leckte Kreise um ihn, bevor sie wieder nach unten wanderte.

Anderson, der hart wurde, fragte sich wie er in diese ausgelassene Runde eindringen konnte. Frank war bereits hinter Amanda gegangen und öffnete seine Hose, er war bereit, sie von hinten zu ficken.

„Fick mein Gesicht, Anderson", sagte Angela. „Ich will deine Eier und deinen Schwanz lecken."

Der Abend fuhr in einer Szene aus vollkommen heißem Sex fort. Weiter ging es mit Drinks und die vier wurden immer abenteuerlicher. Anderson fickte schließlich Amanda für eine Weile, die es ihrem Mann Frank erlaubte, Angela zu ficken. Der Rest des Abend war für Angela ein wenig verschwommen.

Am folgenden Morgen schmerzte Amandas Kopf. Sie benötigte einige Momente um zu erkennen wo sie war. Sie bemerkte nachdem sie sich umgesehen hatte, dass sie offensichtlich nicht in ihrem Appartement war. Die Wohnung in der sie war, sah viel hübscher aus. Dann erinnerte sie sich an die Geschehnisse der Nacht. Sie erinnerte sich an Anderson und die Edwards, das Tanzen und den spanischen Kaffee, und den Tequila. Sie war nackt, abgesehen von ihrem BH und ihrem Höschen. Sie blickte auf die andere Seite, aber das Bett war leer. Dann hörte sie einige Geräusche aus der Küche. Es klang als ob jemand etwas zubereitete und einen Mixer verwendete. Das musste Anderson sein.

„Anderson?", rief sie.

„Ja, Liebes? Ich bin froh, dass du wach bist. Ich mache unser Kater-Frühstück. Eier, Speck, Würste, Pfannkuchen, Waffeln und meinen eigenen Obst-Smoothie (der eine Ehrenauszeichnung gewonnen hat)."

„Ist das alles wirklich letzte Nacht passiert?", frage Angela. „Wie viele Drinks haben wir getrunken?"

„Ich habe nach der zweiten Runde Tequila den Überblick verloren", sagte Anderson. „Aber es war viel."

„Müssen wir nicht arbeiten? Wie spät ist es?", fragte Angela.

Anderson lachte. Sie erinnerte sich von der vergangenen Nacht an das sexy Lachen.

„Heute ist Samstag, Dummerchen. Außer dem Beantworten von

E-Mails arbeite ich nie am Samstag. Besonders wenn ich eine sexy Dame wie dich habe, mit der ich die Zeit verbringen kann."

Anderson ging hinüber zum Bett und gab ihr einen weichen, zärtlichen Kuss auf die Stirn. Sie überraschte ihn, indem sie nach seinem zerknitterten Shirt griff und ihn aufs Bett zog. Sie drehte ihn um und setzte sich auf ihn, drückte die Hände neben seinem Kopf auf das Bett.

„Ha!", rief sie aus. „Wie du siehst, habe ich jetzt die Oberhand!"

„Werde nicht zu aufgeregt dort oben, Tiger", sagte Anderson. „Sag mal, hast du über Franks Angebot von letzter Nacht nachgedacht? Ich dachte, dass es unglaublich großzügig und clever von ihm war, dir ein Vorstellungsgespräch wie dieses anzubieten. Es könnte ein großer Schritt für dich sein, wenn es funktioniert."

Die Erinnerung erreichte sie wie eine zerplatzende Blase und das Angebot, das ihr Frank gemacht hatte, kam zurück in ihren Sinn.

„Oh, ja!", sagte Angela und hielt einen Moment inne. „Ich kann mich daran erinnern. Er hat mir seine Visitenkarte gegeben, richtig?"

Anderson nickte .

„Er schien sehr von dir beeindruckt zu sein und wer könnte es ihm vorwerfen?"

„In Ordnung, Mr. Schleimer. Sag mal, hatten wir letzte Nacht Sex?"

„Nein," sagte Anderson sachlich. „Wir waren zu betrunken dafür."

Angela lächelte Anderson warm an. Er lächelte zurück.

„Komm frühstücken!", sagte Anderson. „Ich habe lange dafür gebraucht, es zuzubereiten!"

„Klingt köstlich", sagte Angela.

Die beiden gingen in die Küche und setzten sich an einen hohen Marmortisch. Anderson servierte ein paar Pfannkuchen und Speck. Angela aß hungrig.

„Weißt du, was dieses Frühstück noch verlockender machen würde?", erdreistete sich Anderson. „Wenn wir topless essen würden."

Angela lachte so fest, dass ihr fast der Orangensaft aus der Nase geschossen wäre.

„Das ist vielleicht die kitschigste Aussage, die ich je gehört habe! Ich denke, dass wir das einrichten können."

Angela zog ihren BH aus und ließ ihn auf den Boden fallen. Ihre großen, erotischen Brüste lagen frei. Andersons Augen hafteten sich auf ihren Oberkörper.

„Ich denke, dass ich Probleme damit haben könnte, diese Mahlzeit zu beenden. Vor mir liegen zu viele süße Reize. So schwer es auch für mich ist, ein echtes Gespräch mit dir zu führen, weil du so fantastisch aussiehst, was hast du vor, mit Franks Angebot zu machen?"

„Nun ich glaube, dass ich versuchen werde, mehr darüber zu erfahren. Es klang sehr verlockend. Frank scheint ein großartiger Mann für eine Zusammenarbeit zu sein. Er ist so hochrangig und ein ziemlicher Gentleman. Auch Amanda hat mir sehr gefallen."

„Was glaubst du wird Eric sagen? Sicherlich will er dich nicht verlieren."

„Ich werde es ihm nur sagen, wenn ich den Job ernsthaft in Erwägung ziehe. Vielleicht kann er mir ein gutes Angebot machen, wenn er mich behalten will. Wir werden es abwarten müssen."

Angela schob einen weiteren Bissen Bacon in ihren Mund.

„Nun Anderson", begann sie. „Ich denke, dass ich gehen sollte. Ich muss nach Hause und mich frischmachen. Ich hoffte, heute oder morgen ein Workout machen zu können und ich möchte mich mit Maxine treffen. Vielen Dank für die wundervolle Zeit."

Sie küssten sich ein letztes Mal, Angela zog sich an und nahm den Aufzug ins Erdgeschoss. Sie hüpfte in ein Taxi und fuhr zurück in ihrem Appartement. Dort nahm sie eine Dusche und zog sich frische Kleidung an. Sie rief Maxine an, um ihr zu erzählen, was passiert war. Über die Drinks, die Gesellschaft, das Treffen mit Frank und Amanda und über das köstliche Frühstück, das Anderson zubereitet hatte. Sie verbrachte den Rest des Tages damit, sich zu Hause zu entspannen, an das Angebot für das Vorstellungsgespräch zu denken und schließlich ging sie in das Fitnessstudio.

Am Abend rief Angelas Mutter mit ein paar Neuigkeiten an.
Scheinbar war Angelas Schwester Rosalie diese Woche für einen
Besuch in der Stadt. Ebenso hatte sie anscheinend einen neuen
Freund, Sam Harris. Sie waren Studienkollegen, und er machte
seinen Abschluss in Archäologie. Karen plante, mit ihnen am Mitt-
woch in ein italienisches Restaurant zu gehen.

8

NEUE HERAUSFORDERUNGEN

Am Montag beschloss Angela bei der Arbeit, Frank anzurufen und ihr Gespräch wieder aufzunehmen. Sie wollte bestätigen, dass sie das Vorstellungsgespräch für die Stelle interessierte und ihren Enthusiasmus erneut bemerkbar machen. Sie und Frank hatten ein detailliertes Gespräch und es klang, als wäre die Stelle wie auf sie zugeschnitten. Sie entschied sich dafür, später mit Eric darüber zu sprechen.

Nach dem Mittagessen machte sie sich auf den Weg zu Erics Büro und klopfte an die Türe. Eric sprach am Telefon aber sie trat ein und setzte sich auf die Couch im Büro. Er war gerade damit fertig, mit Anderson zu sprechen und einige juristische Details zu vereinbaren. Er legte auf und wandte seine Aufmerksamkeit Angela zu.

„Was kann ich für dich tun, Ms. Hayes?", fragte er und verschob einige Zettel auf seinem Tisch.

„Nun, Eric, ich wollte Ihnen nur sagen, dass ich ein Vorstellungs-gespräch für das Büro der Schatzkammer haben werden. Frank Edwards hat mich am Wochenende dazu eingeladen. Ich dachte nur, dass es fair ist, Ihnen Bescheid zu geben, dass ich es in Betracht ziehe."

„Angela, du hast fünf Jahre lang mit mir gearbeitet. Ich habe dich immer unterstützt und dir Möglichkeiten gegeben, um zu wachsen. Ich möchte dich nicht jetzt verlieren. Andersons Geschäft bringt riesige Chancen für dich, mich, den Rest des Teams und die Firma. Was kann ich tun, um dich bei uns zu behalten?"

„Nun, Frank hat mir fast das Doppelte meines aktuellen Gehalts angeboten. Außerdem hätte ich ein Team von vier Anwaltsgehilfen, die unter mir arbeiten. Deshalb wäre es wirklich eine Gelegenheit, um meine Karriere zum Wachsen zu bringen. Außerdem wollte ich immer schon in der Regierung arbeiten. Ich habe einige Finanz-Kurse im College gemacht, deshalb würde ich das Gelernte mit dem juristischen Wissen kombinieren, das ich mir angeeignet habe, während ich für Sie gearbeitet habe."

„Wir können darüber sprechen. Ich kann das Gehalt dem Angebot anpassen, das sie dir machen und wir können Personal einstellen, das dich unterstützt. Wir könnten eine neue Position für dich erstellen, die höherrangig in der Firma ist. Du könntest auch an einigen Vorstandsmeetings teilnehmen."

„Das klingt sehr interessant, Sir. Ich werde nächste Woche darüber nachdenken."

Angela hatte bereits entschieden, dass sie zu dem Vorstellungsgespräch für Franks Job tendierte. Sie konnte sich ebenso für den Job bewerben und dann entscheiden, welchen sie nehmen würde. Eric hatte ihr ein sehr großzügiges Angebot gemacht.

Später an diesem Nachmittag schickte Angela Frank ein E-Mail. Sie schrieb ihm, dass sie das Vorstellungsgespräch machen wollte. Seine Assistentin antwortete ihr und bot ihr ein Treffen am Mittwoch um vier Uhr an. Angelas Treffen mit Karen, Rosalie und Sam war um halb sieben, deshalb war das Timing in Ordnung.

Als sich das Interview näherte war Angela nervös. Sie trug ihren besten Anzug und hatte sich am Vortag Maniküre und Pediküre machen lassen. An diesem Tag hatte sie viele Komplimente bei der Arbeit erhalten. Auch Anderson hatte eine Nachricht mit „Viel Glück" geschrieben. Sie hatte sich bei ihm bedankt und gesagt, dass sie sich bald wegen ihres zweiten Dates hören würden. Auch Mark hatte ihr geschrieben, aber sie hatte ihm noch nicht geantwortet. Sie wusste nicht, was sie mit Mark machen würde. Sie hatte das Gefühl, dass sie darüber nachdenken musste, beide zur gleichen Zeit zu sehen, wenn es mit Anderson weitergehen würde.

„Guten Nachmittag, Ms. Hayes", sagte die Assistentin, während sie in Franks Bereich des Büros ging. „Bitte setzen Sie sich. Mr. Edwards wird gleich hier sein."

Angela konnte sich nicht helfen, aber sie fühlte sich erleichtert, dass Frank das Gespräch mit ihr führen würde. Er würde jedoch möglicherweise nicht alleine sein. Nach einigen Minuten Wartezeit öffnete Frank sein Büro und kam heraus; er war von vier oder fünf japanischen Geschäftsmännern umgeben, die sich alle verbeugten und durch das Büro in Richtung Fahrstuhl gingen.

„Ah, hier bist du!", rief Frank aus und wandte Angela seine Aufmerksamkeit zu.

„Ich wusste nicht, dass Sie japanisch sprechen, Sir", sagte Angela und musste ihren tiefen Respekt nicht verstecken.

„Es ist eine der Anforderungen meines Jobs. Ich verhandle auf einer fast wöchentlichen Basis mit Japan. Ich spreche ebenso mehrere europäische Sprachen und ich lerne Mandarin-Chinesisch. Mache dir keine Sorgen, Sprachen stellen keine riesige Anforderung in dem Job dar, für den du dich vorstellst."

„Ich spreche französisch", sagte Angela mit einem Lachen. „Ich wollte meine Kenntnisse immer schon in Paris verbessern."

„Anderson ist immer wieder dort und hofft, sich nun dort auszubreiten. Sprich mit ihm, vielleicht möchte er dich mitnehmen. Würdest du in mein Büro kommen?"

Angela ging in Franks Büro, welches spärlich aber elegant dekoriert war. Es gab Lederstühle, impressionistische Gemälde, eine Kühlschrank mit unterschiedlichen Arten von Getränken und eine Sammlung von Bonsai-Bäumen, die auf einem Mahagonitisch angerichtet waren und neben einem großen Fenster standen. Zwei weitere Mitarbeiter, eine Frau und ein Mann, saßen dort und hatten Heftmappen und Clipboards.

„Kann ich dir etwas zu trinken anbieten?", fragte Frank. „Wir haben Evian, San Pellegrino, Perrier und natürlich Snapple."

„Ich nehme ein Snapple, vielen Dank", antwortete Angela.

Frank stellte die beiden anderen Mitarbeiter vor, die an dem Meeting teilnahmen. Sie waren beide Senior-Mitglieder des Büros der Schatzkammer.

Das Gespräch dauerte eine halbe Stunde und lief ziemlich gut, dachte Angela. Am Ende schüttelte sie die Hände der drei und verließ das Gebäude. Sie ging direkt zu dem italienischen Restaurant und kam eine halbe Stunde vor der Reservierung an. Sie war aufgeregt, Rosalie und Karen zu sehen. Sie konnte es ebenso kaum erwarten, Sam zu treffen. Rosalie war immer schon eigen in Bezug auf die Männer gewesen, mit denen sie ausging. Sie war sehr unabhängig und hatte eine lange Zeit ohne den Komfort eines Freundes gelebt. Deshalb hatte Angela daraus geschlossen, dass es mit ihm langfristig war. Die drei kamen genau pünktlich an und gingen glücklich zu Angela, die alleine dort saß und ein Glas Wein trank. Sie stand auf, um sie zu begrüßen.

„Mama! Hallo Rosalie! Du musst Sam sein", sagte Angela fröhlich.

„Angela, du siehst toll aus", sagte Karen.

„Ich komme gerade von einem großen Vorstellungsgespräch. Ich werde euch später davon erzählen. Rosalie, du siehst fantastisch aus. Es ist fast ein Jahr her seitdem wir uns gesehen haben. Wie läuft es mit deinem Master?"

„Es läuft großartig, danke. Ich habe noch ungefähr ein Jahr vor mir. Lass mich dir meinen Freund Sam vorstellen."

Sam war ein großer, attraktiver, dunkelhaariger, junger Mann mit Blazer und Jeans. Er sah clever aus wie ein Akademiker. Angela freute sich für ihre Schwester.

„Es freut mich", sagte Angela und schüttelte seine Hand. „Lasst uns Platz nehmen und essen!"

Die vier setzten sich an einen quadratischen Holztisch und ein italienischer Kellner mit großem Bauch bediente sie. Zuerst brachte er Brot und eine Flasche Rotwein. Dann servierte er ihre Gerichte. Angela und Karen hatten Pasta bestellt, während Sam und Rosalie Pizza gewählt hatten. Das Essen war köstlich.

Nachdem sie den Großteil der Mahlzeit verspeist hatten, beschloss Angela, das junge Pärchen zu fragen, wie es ihnen in der Schule ging.

„Ich bekomme alles Einser und Sam auch", sagte Rosalie. „Einige der Professoren haben uns dazu ermutigt, den Doktor zu machen. Wir werden vielleicht auch eines Tages Professoren werden."

„Ich bin eifersüchtig, dass du das ganze Gehirn in der Familie bekommen hast, Rosalie", sagte Angela lachend. „Das ist nicht fair!"

„Ja, aber dafür scheffelst du die große Kohle", sagte Rosalie und erinnerte sie. „Wo wir gerade darüber sprechen, erzähle uns mehr von dieser neuen Karrierechance, die du erhalten hast."

„Nun, sie ist für das Büro der Schatzkammer. Meine Bezahlung wäre deutlich höher als jetzt, obwohl mein derzeitiger Boss Eric gesagt hat, dass er mein Gehalt jedem Angebot, das ich erhalte, anpassen würde. Es wäre ein glamouröser Arbeitsplatz. Ich würde in der Regierung arbeiten, das würde heißen, dass ich etwas sehr Bedeutungsvolles machen würde. Wie ein öffentlicher Dienst. Die Jobstabilität und die Geltung würden in die Höhe schnellen. Jedenfalls im Vergleich zu dem, was ich jetzt mache, indem ich für Eric arbeite. Ich hatte gerade heute Nachmittag mein Vorstellungsgespräch."

„Wie ist es gegangen, meine Liebe?", fragte Karen.

„Es ist wirklich gut gelaufen, soweit ich das sagen kann. Ich konnte irgendwie erkennen, dass ich Frank (der mein neuer Chef wäre) gefalle, aus welchem Grund auch immer. Ich konnte das Vorstellungsgespräch durch die Verbindung mit Anderson Cromby machen."

Sam spuckte fast sein Diät-Cola aus, als er diesen Namen hörte.

„Kennst du Anderson Cromby?", sagte er vollkommen überrascht und beeindruckt.

„Ja, wir hatten letzten Freitag ein Date."

„Jesus, Angie", sagte Rosalie. „Wenn du mit ihm zusammenkommst, wirst du nie wieder einen Tag in deinem Leben arbeiten. Er hat so viele Milliarden."

„Ich weiß. Nun, er ist noch nicht mein Freund. Wir hatten nur ein

Date. Außerdem möchte ich nicht aufhören zu arbeiten. Ich mag es, unabhängig zu sein und mein eigenes Geld zu verdienen."

„Warte bis das erste Baby kommt", grübelte Karen. „Das wird vielleicht alles ändern."

„Warte eine Sekunde, Mama, wir waren erst auf einem Date und du bist schon dabei, an unser erstes Baby zu denken? Lass uns versuchen ein bisschen vernünftiger zu sein."

Dann entstand eine Pause. Alle vier dachten über das Gespräch nach, bis Karen schließlich die Stille brach.

„Ja, du hast recht meine Liebe. Ich wollte nichts übereilen. Er ist so eine prominente Person. Mit ihm zusammen zu sein könnte dein Leben ändern. Nun, wie geht es Maxine?"

„Es geht ihr im Großen und Ganzen gut, aber sie ist ein wenig krank. Sie glaubt, dass es eine Grippe ist. Die Ärzte sagen, dass sie nichts Ernstes erkennen, aber zur gleichen Zeit gibt es nichts, das sie für sie tun können."

„Ich hoffe es geht bald besser", sagten Rosalie und Sam zusammen.

„Ich auch. Ich werde sehen, ob ich sie heute Abend besuchen oder ihr etwas bringen kann."

Die vier beendeten ihr Abendessen. Karen bot an, die Rechnung zu zahlen, aber Angela sagte, dass sie mehr als glücklich war, sie zu bezahlen. Die drei bedankten sich bei ihr und ihre Wege trennten sich.

Zurück in ihrem Appartement zog sich Angela bequeme Kleidung - Jogginghose und ein Sweatshirt - an und gönnte sich ein wenig Eiscreme, die sie immer in Reichweite hatte, damit sie sich hin und wieder verwöhnen konnte. Es war schon ziemlich spät, deshalb beschloss sie, dass sie Maxine am Tag danach besuchen würde. Sie sandte ihr eine Nachricht und fragte wie es ihr ging. Maxine antwortete, dass sie scheinbar noch kränker wurde, aber dass sich Henry toll um sie kümmerte. Er hatte sich frei genommen, um bei ihr zu bleiben und sie zu pflegen. Maxine sagte, dass Angela sie morgen Abend nach der Arbeit besuchen konnte. Sie konnten einen

Mädchenabend machen und Filme ansehen. Angela sagte ihr, dass sie dachte, dass das eine tolle Idee war.

Am folgenden Tag war Angela damit beschäftigt, die Daten der letzten Anfragen für das Angebot eines Kunden zu prüfen, als Eric bei ihrem Arbeitsplatz stehenblieb. Er wollte wissen, wie das Vorstellungsgespräch gelaufen war und unterstreichen, dass er sie gerne behalten würde.

„Gut", sagte sie. „Das Gespräch ist gut gelaufen. Sie werden mir nächste Woche Bescheid geben."

„Wie viel bieten sie dir?", frage er.

„Sie haben es noch nicht gesagt. Ich werde es Ihnen mitteilen, sobald ich es herausfinde."

„Gut", sagte er und ging dann weg.

Angela wusste ehrlich nicht, was sie tun würde. Sie mochte es, für Eric zu arbeiten, aber eine neue Chance war eine neue Chance. Sie wusste, dass sie wachsen und Erfolg haben konnte, wenn sie für die Regierung arbeitete.

9

EINE KRANKE FREUNDIN

Am nächsten Tag nach der Arbeit machte Angela beim Blumenladen halt und kaufte einen Strauss aus Chrysanthemen für ihre beste Freundin. Sie holte ebenso eine DVD (dieses Mal Titanic, ein Film den sie beide liebten) und ein wenig Eiscreme. Sie machte sich auf den Weg zu ihrem Appartement und öffnete die Türe. Dort sah sie überall zerknüllte Taschentücher, schmutziges Geschirr und leere Medizinpackungen. Es sah aus, als ob Maxine in Schwierigkeiten war. Wo war Henry? Angela dachte, dass ihr Mann hier war und sich um sie kümmerte.

„Oh mein Gott, Maxine", sagte Angela, als sie durch die Türe ging.

Maxine lag auf ihrer Couch, nippte mit einem Strohhalm an einem Diät-Ginger Ale und sah sich die Nachrichten an.

„Wo ist Henry, Maxine?", fragte Angela.

Mit einer rauen, heiseren und schwachen Stimme antwortete Maxine: „Er ist losgegangen, um etwas zu essen zu besorgen. Hühnersuppe glaube ich. Komm herein. Du siehst strahlend aus."

Maxine kicherte heiser. Sogar in ihrem beeinträchtigten Zustand hatte sie ihren Humor nicht verloren.

„Meine Güte, Maxine, lass dich ansehen", sagte Angela, die ihre

Schuhe auszog, ihre Jacke aufhängte, eilig zur Couch ging und die Hand auf ihre Stirn legte.

„Du bist brennend heiß!", rief Angela. „Das ist nicht gut, wir müssen dich sofort in ein Krankenhaus bringen."

„Ich war bereits im Krankenhaus, meine Liebe", sagte Maxine mit so viel Mut, wie sie aufbringen konnte. „Es gibt nichts, das sie für mich tun konnten. Sie sagten, dass es einfach nur eine wirklich starke, gewöhnliche Grippe ist, das ist alles."

„In Ordnung", antwortete Angela. „Wenn es dir morgen Nachmittag nicht um einiges besser geht, werde ich ein Taxi bestellen und dich ins Krankenhaus schleifen."

„Okay", sagte Maxine. „Wie ist dein Date mit Anderson gelaufen?"

„Es ist sehr gut gelaufen, Maxine", sagte Angela. „Ich wünschte, dass du auch dabei gewesen wärst. Er hat mich mit seiner privaten Limousine in das tollste Restaurant gebracht. Das Essen war so gut. Wir haben ausgezeichneten Wein getrunken. Dann haben wir ein anderes Pärchen getroffen. Frank und Amanda Edwards. Wir haben schließlich bei ihnen einige Drinks zu uns genommen. Ich war wirklich betrunken, ich habe mich selten so amüsiert."

„Hast du die Beine breitgemacht?", fragte Maxine ziemlich direkt.

Angela lachte über die Dreistigkeit von Maxines Frage. Sie waren beste Freundinnen. Es war ihnen erlaubt, dreist zu sein.

„Nein. Ich mag ihn wirklich, deshalb wollte ich irgendwie warten, um Sex zu haben, außerdem waren wir zu betrunken. Es war eine dieser Party-Nächte voller Spaß. Wie jene, die wir hatten, als wir ins College gingen."

Ihre Gespräch wurde durch heiseres Husten von Maxine unterbrochen. Sie hustete ein wenig Schleim und legte sich dann wieder auf die Couch und platzierte eine Hand auf ihrer Stirn.

„Ich will nicht krank sein, Angela. Ich kann kein Training verpassen. Ich habe Ende des Monats ein Turnier und muss gut vorbereitet sein.

„Deshalb müssen wir sehen, dass es dir so schnell wie möglich besser geht", sagte Angela ernst. „Lass uns Titanic ansehen und ein wenig Eiscreme essen. Ich habe dein Lieblingseis mitgebracht, Ben and Jerry's."

Die beiden schalteten den Film ein. Angela saß neben ihrer besten Freunden, die ihren Kopf auf ihren Schoss gelegt hatte, auf der Couch. Angela massierte Maxines Arm und Rücken. Das war die Art von Freundinnen, die sie waren. Sie waren sich körperlich und emotional sehr nah. Sie war wie eine Schwester für Angela. Maxine, die keine Geschwister hatte, sah Angela ebenso wie eine Schwester an. Nach der Hälfte des Films, bei dem Teil, in dem die Titanic den Eisberg rammt, kam Henry herein und hatte ein paar Köstlichkeiten mitgebracht. Er hatte Hühnersuppe mit Nudeln und einige Sandwichs, die er aufwärmen und servieren wollte. Er war froh, Angela dort zu sehen, da er wusste, dass Maxine so viel Pflege wie möglich benötige.

Henry erhitzte die Sandwichs und schnitt sie für sich selbst und die jungen Frauen in Stücke. Sie sahen sich den Rest des Films an und Angela sagte dann, dass sie nach Hause gehen musste. Morgen war Freitag und sie musste früh aufstehen. Es gab eine Menge Arbeit im Büro zu tun. Als sie sich erhob um zu gehen, vibrierte ihr Telefon und sie sah, dass sie eine Nachricht von Anderson erhalten hatte. Er wollte sich für ein paar Drinks nach der Arbeit am nächsten Tag im Carlisle Club treffen. Sie fragte sich, warum er diese Location gewählt hatte, da er sich jeden Club in der Stadt leisten konnte. Der Carlisle Club war ein Lokal der Mittelklasse. Vielleicht wollte er davor trainieren. In jedem Fall antwortete sie, dass sie sich dort um sechs Uhr mit ihm treffen würde, aber dass sie nicht lange ausbleiben konnte, da sie Maxine sehen wollte. Anderson sagte, dass er mit ihr kommen wurde um nach Maxine zu sehen. Er schien wirklich um ihr Wohlbefinden besorgt zu sein.

In dieser Nacht hatte Angela merkwürdige Träume. Sie träumte, dass sie zwischen Frank und Eric war und dass sie um ihre Anstellung konkurrierten. Keiner von ihnen gewann und sie wurde in eine andere Richtung gezogen. Dann war sie plötzlich auf einer Yacht mit Anderson und er fütterte sie mit frischen, saftigen Trauben, während sie sich auf einem Liegestuhl sonnte. Aus irgendeinem Grund war es mitten im Sommer und es war ein schöner Tag. Als sie um sechs Uhr aufwachte, wünschte sie, mit Anderson dort zu sein.

Der Arbeitstag verging relativ schnell und als er vorbei war, war Angela sehr erfreut, Anderson im Club zu treffen. Sie hatte keine Zeit für ein Workout und kam nur wenige Minuten vor sechs Uhr an. Anderson war mit einem Geschäftskollegen, der sich Francis Cole nannte, dort. Er war der Vizepräsident von Andersons Firma und Anderson sah ihn als seine rechte Hand für alle Operationen an. Er war ein gut gebauter, mittelgroßer Mann im Alter von circa 45 Jahren, mit lockigem braunen Haar und stechenden haselnussbraunen Augen. Als Angela ihren Tisch erreichte, standen beide Männer auf, um sie zu begrüßen.

„Hallo Liebling", sagte Anderson zuerst. „Du siehst heute Nachmittag großartig aus. Ich bin froh, dass du dich mit mir treffen konntest. Darf ich dir einen meiner am meisten vertrauten Kollegen der Firma vorstellen, Francis."

„Sehr erfreut", sagte Francis und streckte eine Hand aus, um ihre zu schütteln.

Die drei setzten sich und bestellten etwas zu essen. Anderson hatte Lust auf frischen Hummer aus dem Atlantik, deshalb bestellte er drei davon. Angela liebte Hummer, deshalb freute sie sich darauf, einen zu bekommen. Sie hatte es immer schwierig gefunden Hummer zu essen, da die Schale hart zu brechen war und so viel konnte man nicht davon essen, aber die essbaren Teile waren wirklich vorzüglich. Die Hummer, die sie hier hatten, waren groß genug um als eine gesamte Mahlzeit angesehen zu werden. Sie griff nach einer Scheibe Sauerteigbrot und strich ein wenig Butter darauf, dann aß sie es hungrig.

„Anderson hat mir von dir erzählt", sagte Francis. „Ich bin froh, dass ich die Gelegenheit hatte, dich kennenzulernen."

„Nun, Anderson hat einen großartigen Geschmack", scherzte Angela. „Nein, aber ehrlich gesagt, wenn du sein Freund und Kollege bist, freue ich mich ebenso sehr. Anderson hat mir letzte Woche Frank und Amanda Edwards vorgestellt und möglicherweise erhalte ich dadurch einen neuen Job. Sag mal, Francis, hilf mir bei dieser

Entscheidung. Unter der Annahme, dass alles gleich ist, sollte ich für die Regierung arbeiten gehen, oder meinen aktuellen Job als Senior-Anwaltsgehilfin in der Firma behalten."

„Ich glaube, dass du das tun solltest, was dir dein Herz sagt, Liebes", sagte Anderson.

„Unterbrich mich nicht!", rief Angela halb scherzend aus. „Ich wollte die Meinung von Francis hören."

„Nun, natürlich stimme ich Anderson zu. Zu tun, was dir dein Herz sagt, ist die beste Strategie. Du musst dir vorstellen, wo du am glücklichsten sein wirst. Du wirst diesen Job potentiell mindestens mehrere Jahre machen. Bist du bereit für eine neue Herausforderung an einem neuen Arbeitsplatz? Oder willst du gleich weitermachen. Beide Jobs scheinen Geld und Stabilität zu bieten. In einem gewissen Sinn kannst du nicht verlieren."

Angela nahm sich eine lange Pause um den sehr intelligenten Ratschlag zu durchdenken, den sie erhalten hatte. Sie wusste, dass sie das tun musste, was ihr ihr Herz sagte. In diesem Moment sah es irgendwie so aus, als ob die Arbeit mit Frank mehr Aufregung bringen würde, sowie eine Veränderung in ihrem Rhythmus. Sie war immer schon irgendwie eine Person gewesen, die Risiken auf sich genommen hatte und die Verlockung des Unbekannten war immer verführerisch. Nun, da sie mit Anderson zusammen war, schien ihr, dass es eine gute Idee gewesen wäre, mit einem seiner engen Freunde zu arbeiten. Es war so, als würde sie in der Welt und in eine vollständig neue soziale Schicht aufsteigen.

„Ihr beide habt mir großartige Tipps gegeben. Ehrlich", sagte Angela. „Vielen Dank."

„Du wirst es fantastisch meistern, Süße", sagte Anderson. „Erinnere dich einfach daran, dass du dir diese Möglichkeiten selbst aufgebaut hast. Ich musste nicht einmal ein gutes Wort für dich bei Frank einlegen. Er hat alleine erkannt, was für ein Fang du bist. Also, Gratulationen. Nun, wenn du mich entschuldigst, ich muss auf die Toilette."

Anderson stand auf und ging zur Herrentoilette. Angela entschuldigte sich ebenso und folgte ihm verstohlen. Sie schloss die Türe leise hinter ihnen, presste sich von hinten an Anderson und griff durch die Hose nach seinem Schritt.

„Hey, Sexy", sagte Angela.

„Hey, was machst du hier?", fragte Anderson, obwohl sein Ausdruck zu verstehen gab, dass er angenehm überrascht war.

„Ich musste dich überraschen und erneut einen Blick auf deinen fantastischen Schwanz werfen."

Dann öffnete Angela seinen Gürtel und zog seine Hose auf den Boden.

Sie schob ihre Hand schnell in seine Boxers und suchte nach seinem Schwanz, der schnell härter wurde.

„Okay, aber wir müssen schnell sein!", sagte Anderson.

„Mach dir keine Sorgen", antwortete Angela, „was ich geplant habe benötigt nur ein paar Minuten."

Angela ließ sich schnell auf die Knie fallen und begann, Andersons Eier zu saugen. Sie nahm eines in seinen Mund und dann das andere. Dann beide zu gleichen Zeit. In der Zwischenzeit wichste sie seinen Schwanz mit der linken Hand. Durch Andersons Stöhnen erkannte sie, dass er bereit für einen Höhepunkt war. Deshalb leckte sie seinen Schaft und legte ihren Schmollmund um die Spitze seines Schwanzes. Sie tat es genau rechtzeitig, um eine heiße Ladung in den Mund zu bekommen. Sie schluckte all das, was sie von ihm bekam.

„Das war fantastisch", sagte Anderson.

An diesem Punkt war eine lange Schlange vor der Toilette, die darauf wartete, hineinzukommen, deshalb eilten die beiden hinaus und gingen zurück zum Tisch.

Sie beendeten ihre Mahlzeit und bestellten Kaffee. Angela musste sich bei Anderson und Francis dafür entschuldigen, dass sie sofort nach dem Essen gehen musste. Als sie erklärte, dass es ihrer Freundin sehr schlecht ging, verstanden sie sie vollkommen.

Als Angela in Maxines Appartement kam, merkte sie sofort, dass sich der Zustand ihrer guten Freundin verschlechtert hatte. Ihr Gesicht war extrem blass und sie schien sehr schwach zu sein. Sie bemerkte kaum, dass ihre Freundin hereingekommen war. Henry war total verzweifelt. Er sprach gerade mit dem Krankenhaus und versuchte herauszufinden, ob sie ein freies Bett hatten, damit sie hinkommen und untersucht werden konnte. Henry hatte sie noch nie so krank gesehen. Angela auch nicht.

„Ich weiß, verdammt. Ihr Hausarzt hat bereit gesagt, dass man nichts tun konnte", blaffte Henry verärgert in das Telefon.

„Die Situation hat sich verändert. Es geht ihr viel schlechter. Ja, sie hat Fieber, um Himmels willen. Meinen Sie nicht, dass ich das bereits kontrolliert habe? Sie müssen sie aufnehmen. Ich habe Versicherungen in Hülle und Fülle."

Angela ging hinüber zu Maxine und sah in ihre Augen. Alles, was Maxine tun konnte war es, durch sie zu starren.

„Maxine, ich bin es, Angela. Erkennst du mich?", fragte sie.

Maxine stöhnte als Antwort, aber sie schaffte es, mit dem Kopf zu nicken.

„Wir werden dich so schnell wie möglich in ein Krankenhaus bringen. Ich werde deine Kleidung herrichten und dir helfen, sie anzuziehen. Bleib liegen, ich bin gleich wieder da."

Angela ging in Maxines Zimmer und kam mit einer Tasche und einer Menge Kleidung zurück. Sie packte die Tasche so gut sie konnte und versuchte, nichts zu vergessen. Sie packte die Zahnbürste, Zahncreme, Zahnseide und andere Toilettenartikel ein. Dann eilte sie wieder zu Maxine und fühlte erneut ihre Stirn. Sie schien noch heißer als vorher zu sein.

„Was ist los, Henry?", fragte Angela ernst.

„Ich glaube, dass ich ein Krankenhaus gefunden habe, das sie aufnehmen wird. Ich kann uns dorthin fahren, also lass uns Maxine zum Parkplatz und in mein Auto bringen.

„Ich werde mitkommen und versichern, dass alles in Ordnung ist", erklärte Angela.

„Gut", antwortete Henry.

Die drei fuhren so schnell wie möglich in das Krankenhaus. Sie benötigten nur zwanzig Minuten, da nicht viel Verkehr war. Angela dankte ihren Schutzengeln, dass es nicht länger gedauert hatte.

10

GENESUNG

Die Wartezeit in der Lobby des Krankenhauses war für beide, Angela und Henry, zermürbend. Sie wollten, dass ihre geliebte Maxine so schnell wie möglich untersucht wurde. Schließlich, nach einer Stunde Wartezeit wurde die Versicherung akzeptiert und eine Krankenschwester kam mit einem Krankenbett in den Wartebereich. Zwei weitere Krankenschwestern halfen dabei, Maxine auf die Liege zu befördern. Maxine schien sehr angeschlagen zu sein und es war ihr kaum bewusst, was gerade passierte. Angela war wie versteinert. So hatte sie sich ihren Freitag Abend nicht vorgestellt.

Angela und Henry folgten den Krankenschwestern und dem Krankenbett, bis sie in einen kleinen, privaten Raum kamen, in dem Maxine behandelt wurde. Angela bekam eine Nachricht von Anderson, in der er frage, wie es Maxine ging. Angela musste antworten, dass sie noch nichts Genaues wusste.

Angela und Henry warteten mit Maxine bis der Arzt kam, der Maxine und Henry aufforderte, nach Hause zu gehen.

Sie behielten Maxine dort, mindestens für die Nacht, damit sie einige Tests machen und sicherstellen konnten, was das Leiden verursachte.

Angela kam zurück zu ihrem Appartement, konnte aber nicht schlafen. Sie war viel zu besorgt um ihre Freundin. Sie schaltete die Nachrichten ein und legte sich in ihrem Bett zurück. Die Uhr zeigte halb zwölf an. Es war genau der richtige Zeitpunkt, um eine Wiederholung von Andersons Pressekonferenz zu sehen, die offensichtlich zwei Stunden früher stattgefunden hatte. Er sprach davon, einige seiner Kundenservices nach Indien zu verlegen. Er stellte klar, dass er allgemein keine Jobs in seiner Firma abbaute. In der Tat, fügte die Fusion Arbeitsplätze hinzu, die durch erhöhte internationale Einnahmen durch Skalenerträge bezahlt werden würden. Angela dachte sich, dass er sehr gut im Fernsehen aussah. Sie wünschte sich, diesen Abend nicht mit Maxine verbracht haben zu müssen, weil sie wirklich ein weiteres Date mit ihrem Traummann Anderson genießen wollte. Sie hatten jedoch viel zu tun. Anderson und Angela waren beide extrem beschäftigte Leute, deshalb war es zu erwarten, dass ihre Dates darunter leiden würden. Sie beschloss, ihn am Morgen anzurufen. Sicherlich musste er Samstags nicht arbeiten gehen.

Die Nacht war sehr rastlos für Angela. Sie war um ihre Freundin besorgt. Als sie um halb acht aus Angewohnheit aufwachte, machte sie sich das Frühstück und entschloss sich für ein Workout. Ihr Training war intensiv und danach fühlte sie sich viel besser. Auf der Taxifahrt nach Hause rief sie Henry an. Henry hatte einige Neuigkeiten für sie. Anscheinend hatte Maxine einen seltenen Grippestrang, mit dem die Ärzte wenig Erfahrung hatten. Sie hatten letztes Jahr einige Fälle gesehen. Deshalb war Maxine in Behandlung und es wurde erwartet, dass sie sich innerhalb einer Woche erholte. Es war wichtig, dass sie viel Ruhe hatte, eine Menge Flüssigkeit zu sich nahm, aß, wenn es möglich war und eine Menge positiver Unterstützung um sich hatte.

An diesem Abend aß Angela in einem kleinen Coffee-Shop in der Nähe des Krankenhauses mit Henry. Die meiste Zeit waren sie still, da sie unglaublich besorgt um Maxine waren und es wenig zu sagen gab. Nach dem Abendessen blieben sie beim Krankenhaus stehen, um Maxine zu besuchen. Es schien ihr wirklich besser zu gehen. Sie hob ihren Kopf und war in der Lage fernzusehen. Ein wenig Blässe war aus ihrem Gesicht verschwunden. Es schien, als wäre sie in der Lage zu essen, aber nur wenig.

Angela ging zu dem Bett.

„Süße", begann sie. „Wir sind zu 100% für dich da. Wie fühlst du dich?"

Maxine stöhnte, aber dann fügte sie hinzu: „Danke Leute, es tut mir leid."

„Du hast keinen Grund, dich zu entschuldigen", sagte Henry. „Ich wünschte nur, dich früher ins Krankenhaus gebracht zu haben. Wir wären vielleicht in der Lage gewesen, das früher im Keim zu ersticken."

„Es wird dir bald viel besser gehen, das verspreche ich dir", sagte Angela und sie strich eine Locke von Maxines Haar aus ihrem Gesicht.

„Ich habe das Gefühl, das mein Inneres brennt", sagte Maxine, die ein weiteres Ächzen ausließ.

„Der Doktor sagt, dass es noch eine Woche dauern wird, bis sie dich entlassen. Ich wette du wirst wieder auf dem Tennisplatz sein, bevor dieser Monat vorbei ist", sagte Henry optimistisch.

„Das hoffe ich auch", äußerte Maxine.

Angela, Maxine und Henry blieben noch ein wenig zusammen. Die Besuchszeit dauerte noch eine halbe Stunde an. Deshalb sahen sie fern und versuchten, so fröhlich wie möglich zu sein, trotz der ernsten Situation. Als es Zeit war zu gehen, teilten sich Henry und Angela ein Taxi zurück zu ihren Wohnungen. Angela sagte, dass sie Maxine wieder und wieder besuchen würde – so oft wie möglich. Henry bedankte sich dafür.

Als Angela nach Hause kam, kickte sie ihre Schuhe weg und warf sich auf die Couch. Dann läutete ihr Telefon; es war Mark.

„Hallo Mark!", sagte Angela.

„Hallo Püppchen", sagte er. „Ich bin in deiner Gegend. Ich dachte, dass ich für eine unserer Kinonächte vorbeikomme."

„Klar, du kannst vorbeikommen. Aber du solltest wissen, dass ich ein wenig niedergeschlagen bin. Maxine ist im Krankenhaus, sie ist wirklich krank."

„Du fühlst dich niedergeschlagen? Ich kann dich aufmuntern, Prinzessin."

„Ja, vielleicht", sagte Angela. „Komm nach oben. Ich bin hier. Ich sehe nur ein wenig fern."

Mark öffnete die Türe und kam direkt ins Wohnzimmer. Er ließ sich auf die Couch neben sie fallen. Er drückte ihr einen Kuss auf die Wange und massierte ihre Schultern kurz.

„Du hast recht, Baby, du siehst irgendwie traurig aus. Es tut mir leid wegen Maxine."

„Das ist schon okay. Es beunruhigt mich einfach. Die Ärzte sind aber optimistisch. Sie sagen, dass sie in einer Woche wieder zu Hause sein wird. Zwei Wochen höchstens."

„Das ist gut", sagte Mark. „Sie muss trainieren, wenn sie Turniere bestreiten will."

„Das besorgt sie am meisten", sagte Angela.

Sie lehnte sich an Mark. Es war tröstend für sie, einen guten Freund an ihrer Seite zu haben in dem Moment, in dem sie sich am meisten um Maxine sorgte. Mark bedeutete ihr etwas. Genau so wie Anderson. Mit Anderson öffneten sich ihr alle möglichen Türen. Mit Mark genoss sie die Vertrautheit. Seine Hände waren vertraut, so wie seine Lippen und sein männliches Aroma.

Mark legte einen seiner langen Arme um sie und zog sie eng an sich. Dann küsste er ihren Kopf bevor er seinen Weg hinunter zu ihrer Stirn, ihrer Nase und schließlich zu ihren Lippen machte. Sie küsste ihn zurück. Bald machten sie wieder miteinander herum. Sie kletterte auf ihn und zog sein T-Shirt aus. Dann hakte sie ihren BH auf. Mark küsste ihre großen, milchig weißen Brüste und seine Hände wanderten auf ihren Hintern. Er umfasste jede Backe mit einer Hand und drückte sie.

Angela fühlte erneut den Strom, der durch ihren gesamten Körper lief. Sie nahm seine Hand und brachte ihn zum Bett. Sie legten sich auf das weiche Bett. Er zog seine Kleidung mit ihrer Hilfe aus und positionierte sich auf ihr. Er schob ihr Höschen hinunter und legte ihren nackten Körper frei. Seine starke Hand griff auf ihren Bauch und wanderte hinunter zu ihrer Weiblichkeit. Dann legte er seinen Kopf zwischen ihre Beine. Er saugte das gesamte Aroma ihrer feuchten Vagina ein. Danach leckte er ihre Lippen und teilte sie mit seinen Fingern. Während seine Zunge über ihren Kitzler tanzte und wirbelte, schob er zwei Finger in sie und begann sie rhythmisch in ihre Ekstase zu ficken. Als sie bei ihrem ersten Orgasmus aufschrie, wollte Mark es schaffen, ihr noch mehr Genuss zu verschaffen. Dann küsste er den Weg nach oben zu ihrem Mund und sie teilten eine langen, leidenschaftlichen Kuss.

„Ich bin bereit für dich", sagte Angela sanft und atmete immer noch schwer.

„Gut, das bin ich auch", antwortete Mark.

Dann fuhr er fort und sie machten Liebe zusammen. Mit jedem heißen Stoß sandte er sich und Angela in einen Zustand der Wonne. Es dauerte nur circa drei oder vier Minuten, bis er bereit war zu kommen. Als sie gemeinsam den Höhepunkt erreichten, grub sie ihre Nägel in seinen Rücken und rief seinen Namen aus. Danach lagen sie nebeneinander, kuschelten und lachten miteinander.

Angela griff in einen Schrank und holte einen 30 cm langen Vibrator heraus.

„Hast du jemals so einen mit einer Frau verwendet?", fragte Angela.

„Nein, das kann ich nicht sagen. Hast du den mit dir selbst verwendet?"

„Ich mache es manchmal, aber ich liebe es, mit ihm gefickt zu werden. Mark, ich möchte, dass du ihn mir in den Hintern schiebst. Ich will in beide Löcher gefickt werden."

Mark nahm den Dildo und verteilte ein wenig Gleitmittel darauf. Angela ging auf alle vier und spreizte ihre Knie auseinander, sie bog ihren Rücken, damit ihr Arsch in bester Sicht war. Es war ein schöner Arsch, so rund und gutaussehend. Mark beugte sich und küsste sie genau zwischen ihre Backen und hinterließ eine Spur aus Speichel, die ihre Ritze hinunter zu ihrer Muschi lief.

„Fick mich damit, Mark", sagte Angela. „Ich bin bereit"

Mark rieb ihren Arsch gut mit Gleitgel ein und langsam schob er den Dildo in ihren Arsch. Als er fast vollständig in sie drang, stöhnte Angela vor Genuss.

„Fick mich weiter", wies ihn Angela an.

Mark schob den Dildo in ihren Arsch, dann wieder hinaus und wieder zurück hinein. Er machte mehrere Minuten damit weiter. Er selbst wurde wieder steif, da der Anblick wundervoll war. Mit seiner freien Hand begann er, ihre Klitoris zu massieren, was Angela wahnsinnig werden ließ. Sie kam mehrere Male, jedes Mal schrie sie Marks Namen. Als schließlich ihr Orgasmus abklang, zog Mark den Dildo heraus und warf ihn auf das Bett. Er massierte ihre Vagina ein wenig, dann zog er sich zurück. Er küsste ihren Rücken und ihren Hals, gefolgt von ihrer Wange und den Lippen. Sie lagen eine Weile still nebeneinander da.

„Du bist so gut im Bett, Mark", sagte Angela.

„Danke, das bist du auch", sagte Mark.

„Ich hoffe wir können mit diesen Treffen weitermachen", sagte Angela.

„Warum sollten wir das nicht?", frage Mark.

„Aus keinem bestimmten Grund."

Angela fühlte sich schlecht, weil sie Mark nichts von Anderson erzählt hatte. Sie war nicht der Typ, der zwei Männer gleichzeitig hatte. Sie fühlte nur, dass die Zeit noch nicht gekommen war, um die Details ihrer Beziehung mit dem Mann zu besprechen. Sie und Anderson waren wirklich nur auf einem Date gewesen. Sie hielt sich noch nicht für seine Freundin. Deshalb schien es ihr normal, mit Mark Sex zu haben. Ihre Beziehung hatte sich aufgebaut, als sie niemanden hatte.

Mark verbrachte die Nacht mit ihr und am folgenden Morgen gingen sie gemeinsam zum Frühstück. Sie hatten Brunch in einem Lokal nur einige Blocks von ihrem Appartement entfernt. Mark erzählte ihr alles über die neuen Immobilien-Deals, mit denen er sich beschäftigte. Scheinbar war er sehr nah dran, einen großen Kunden zu gewinnen, der Hunderte von Tausenden Dollars bringen würde. Er war aufgeregt und sagte, dass er mit den Erlösen endlich in der Lage sein würde, sich eine tolle Wohnung zu leisten. Angela erzählte Mark von der neuen Jobmöglichkeit, bei der sie für die Regierung arbeiten würde. Für Angela wurde der Gedanke für Frank zu arbeiten immer mehr die bevorzugte Route, die sie nehmen würde. Sie fragte sich wie sie Eric die Nachricht überbringen würde. Mark war sehr unterstützend und sagte, dass es eine gute Idee war und dass sie es tun sollte.

Nachdem Mark nach Hause gegangen war, ging Angela zurück zu ihrem Appartement und telefonierte mit Henry. Maxine ging es viel besser und sie war fast vollkommen ansprechbar. Die Medizin, welche sie ihr gegeben hatten funktionierte scheinbar. Die Ärzte schätzten sogar, dass sie vielleicht schon früher als erst in einer Woche nach Hause gehen konnte.

„Möchtest du, dass ich heute Nachmittag im Krankenhaus vorbeischaue?", fragte Angela.

„Ja, wenn du willst", antwortete Henry. „Sie freut sich bestimmt, dich zu sehen. Absolut kein Druck. Wenn du beschäftigt bist, verstehen wird es absolut."

„Blödsinn", sagte Angela. „Ich wäre sonst nur trainieren gegangen, aber das kann ich jederzeit tun. Ich werde ein Taxi nehmen und gleich hinüber fahren. Ich möchte meine beste Freundin sehen."

Als Angela im Krankenhaus ankam und zu Maxines Zimmer ging, war ihre Freundin sehr glücklich sie zu sehen.

„Meine Freundin!", rief Maxine aus. „Du siehst großartig aus. Wie war deine letzte Nacht?"

„Ich habe mich mit Mark getroffen", sagte Angela. „Aber es geht nicht um mich. Das Wichtige ist deine Genesung. Wie fühlst du dich? Du siehst viel besser aus."

„Ich glaube die Medikamente wirken. Die Ärzte waren sich zuerst nicht sicher was sie tun sollten. Scheinbar ist dieser Grippestamm, den ich hatte, wirklich selten. Sie haben gerade rechtzeitig die richtige Vorgehensweise beschlossen. Ich hatte Angst, dass meine Krankheit unheilbar war."

„Das war sie zum Glück nicht", stimmte Angela zu. „Aber du hast uns allen einen riesigen Schreck eingejagt. Versprich, dass du das nie wieder tust!"

Angela drückte Maxines Hand.

„Ich verspreche es, meine Liebe", sagte Maxine.

„Danke, dass du für uns da bist", sagte Henry. „Es hat uns unglaublich viel bedeutet, dich in dieser schwierigen Zeit an unserer Seite zu haben."

„Als ob es ich eine andere Wahl gehabt hätte!", rief Angela.

Angela gab Maxine eine Umarmung. Dann ging sie zu Henry und umarmte auch ihn. Sie blieb noch einige Minuten und brach dann auf. Sie ging zurück zu ihrem Appartement um zu entscheiden, wie sie Eric sagen sollte, dass sie sich entschlossen hat, für Frank zu arbeiten.

11

WAS SIE BRAUCHT BUCH DREI

DEN WEG EBNEN

Angela war überwältigt davon, wie viele Dinge in ihrem Leben passierten. Ihre Beziehungen, ihr Vorstellungsgespräch, Maxine, die krank geworden war, die Romanze mit Anderson. Sie liebte ihr Leben, aber sie musste ebenso zugeben, dass die Dinge ein wenig zu geschäftig wurden. Es war Sonntagabend und sie wusste, dass sie morgen ihrem Chef Eric die Nachricht überbringen musste, dass sie das Angebot von Frank Edwards akzeptieren würde, um für ihn zu arbeiten. Sie fürchtete diese Konversation ein wenig, da Eric in der ganzen Zeit, in der sie für ihn gearbeitet hatte, ein großartiger Chef gewesen war. Aber sie zählte auf sein Verständnis dafür, dass sie diesen Schritt machte, um ihre Karriere nach voranzubringen. Es war nichts Persönliches.

Da es Sonntagabend war und sich der Rest der Welt auf die kommende Arbeitswoche vorbereitete, beschloss Angela sich alleine einen entspannenden Abend zu machen. Wie gewöhnlich entschied sie sich, ein Bad zu nehmen und dann etwas auf Netflix anzusehen. Sie zog ihren Bademantel an und begann die Wanne vorzubereiten, indem sie Schaum und ätherische Öle hinzufügte. Ihre Badewanne war eines der besten Dinge in ihrem Appartement. Sie hatte Massagedüsen, die ihre Muskeln entspannten, sowie genug Platz um sich zu bewegen. Der Hahn hatte einen starken, dicken Strahl und füllte die Wanne schnell.

Angela zog ihren Bademantel aus und stieg mit einem Fuß in die Wanne. Sie war kochend heiß. Dann glitt sie hinein, indem sie das andere Bein über den Rand schwang und vollständig in die entspannenden, pulsierenden Düsen tauchte. Sie schloss ihre Augen und ließ einen langgezogenen entspannten Seufzer aus.

IMMER WENN SIE ein langes Bad nahm, drehten sich ihre Gedanken darum, wie ihr Leben gerade lief. An diesem Abend war ihr Geist mit positiven Emotionen gefüllt. Sie bewegte sich in ihrer Karriere nach oben. Sie hatte großartige Beziehungen. Anderson, der heißeste Milliardär der Stadt behandelte sie regelrecht wie eine Königin. Sie hatte großartigen Sex mit großartigen Leuten. In der Tat dachte Angela glücklich, dass sie sich ein wenig in eine kleine Schlampe verwandelt hatte. Sie hatte nur in den letzten Wochen mehrere sexuelle Begegnungen mit unterschiedlichen Leuten gehabt. Aber sie wusste, dass diese Treffen sicher waren und solange sie nicht unvorsichtig dabei war und es die falschen Leute herausbekommen konnten, war doch nichts Verwerfliches dabei.

Sie dachte an den letzten Blowjob, den sie Anderson gegeben hatte. Angela hatte viele Schwänze in ihrem Leben gesehen, aber keiner war so schön wie Andersons. Sie liebte alles daran. Sie war keine Frau, die Blowjobs allzu sehr liebte, aber sie musste zugeben, dass es absolut vergnüglich war, mit Anderson zur Sache zu gehen. Er schien es so sehr zu schätzen.

Als sie an Andersons Schwanz dachte, griff sie nach der einen Düse ihrer Badewanne und senkte sie genau vor ihre Muschi. Sie spreizte ihre Knie und brachte den Wasserstahl in ihre Nähe. Es war fantastisch, wie sehr es sich anfühlte, als ob sie es oral bekommen würde. Die Düse pulsierte und stimulierte ihren Kitzler, dabei massierte sie ihre äußeren Lippen. Sie ließ die Düse für ein paar Minuten dort. Sie war schnell ziemlich aufgegeilt. Sie rieb die Brustwarze einer ihrer großen Titten, kreiste mit dem Daumen und dem

Zeigefinger um sie. Sie war an der Schwelle zu ihrem Orgasmus. Dann nahm sie die Düse weg und massiere ihre Lippen mit ihrer freien Hand. Nach ein paar weiteren Minuten wurde sie bis ins Innerste von einem explosiven Orgasmus erschüttert. Es fühlte sich wundervoll an.

DANACH STIEG sie aus der Wanne, öffnete den Abfluss und ließ das Wasser abrinnen. Sie zog ihren Bademantel an und machte sich auf den Weg zu ihrem Fernseher. Sie schaltete die Nachrichten an. Es waren weitere Dinge mit Andersons Firma im Gange. Das Personal wurde erweitert und Leute aus der ganzen Welt wurden eingestellt. Nach der Fusion würde Andersons Firma das größte Beratungsunternehmen der Welt mit Operationen in allen Kontinenten sein.

„Oh Anderson", murmelte sie. „Du bist ein mächtiger Mann. Und ich bin deine Geliebte."

Der nächste Tag im Büro war ein typischer Montagmorgen; jeder schien ein wenig groggy zu sein. Eric kam zu ihrem Tisch und brachte ihr einen frischen Kaffee. Mit doppelter Sahne und doppeltem Zucker. Genau wie sie ihn bevorzugte. Sie nahm ihn glücklich an und teilte Eric dann mit, dass es etwas gab, worüber sie mit ihm sprechen wollte, wenn er Zeit dafür hatte.

„Gib mir nur ein paar Stunden, Angela. Ich muss einige Dokumente prüfen. Anderson Cromby erwartet sich heute Abend ein Feedback. Komm um die Mittagszeit zu mir. Vielleicht können wir gemeinsam etwas essen gehen."

Angela verbrachte den Rest des Morgens damit, ein paar einfache Aufgaben zu erledigen. Sie hatte ein paar Tabellen, die sie sich ansehen musste und ein oder zwei Dossiers, die sie beginnen musste. Als die Mittagszeit gekommen war, tauchte Eric an ihrem Schreibtisch auf und schlug vor, in das Folocias zu gehen. Es war ein neues italienisches Restaurant, das vor kurzem am Ende des Blocks eröffnet worden war.

„Sie wissen, dass ich italienisch-amerikanische Wurzeln habe, nicht wahr?", fragte Angela.

„Das wusste ich nicht", antwortete Eric. „Dann genießen wir dieser Tatsache zu Ehren des Essens deiner Leute."

Im Restaurant bestellte Eric Linguine mit Meeresfrüchten und ein Perrier. Angela bestellte nur einen Salat.

„Nun, Angela", begann Eric. „Worüber wolltest du mit mir sprechen?"

„Nun, lassen Sie mich zuerst sagen, dass ich mir das alles sehr gut überlegt habe. Wie Sie wissen, habe ich mit dem Gedanken gespielt, für Frank Edwards zu arbeiten. So sehr ich es bedaure, Ihr Unternehmen zu verlassen, da ich sehr viele bereichernde Jahre damit verbracht habe, für Sie zu arbeiten, muss ich sagen, dass ich das Angebot von Frank annehmen werde. Ich hoffe, Sie können meine Gründe verstehen."

„Nun, es wird nicht einfach für uns werden, dich zu ersetzen. Du hast dir selbst eine ziemlich gute Nische in der Firma erarbeitet. Du weißt, was ich über deine Arbeitsleistung denke. Du hast uns immer mehr als zufriedengestellt. Wie auch immer, ich glaube, dass ich deine Entscheidung respektieren muss. Falls dir die Arbeit in der Regierung am Ende doch nicht so gut gefällt, sollst du wissen, dass du immer einen Platz hier in meinem Team haben wirst."

Angela war gerührt von Erics sehr angemessener Antwort auf Ihre Entscheidung.

„Ich möchte, dass wir in Kontakt bleiben, Eric", sagte Angela auf vertrautere Weise. „Du warst ein großartiger Chef und ich hoffe, dass wir nun damit beginnen können, Freunde zu werden."

„Das wäre großartig."

„Lass uns nächste Woche gemeinsam abendessen, nachdem ich meine Sachen aus dem Büro gebracht habe. Ich möchte dir den Club zeigen, von dem ich Mitglied bin. Er heißt Carlisle Club. Da wir nun Freunde sind, möchte ich, dass wir unsere Beziehung pflegen."

„Klingt toll. Hier ist meine Handynummer. Ruf mich einfach an, wenn du Essen gehen möchtest, dann können wir uns verabreden."

An diesem Abend beschloss Angela, ihre Mutter zu besuchen. Sie nahm ein Taxi direkt vom Büro zu ihrem Appartement am anderen

Ende der Stadt. Als sie den Eingang erreichte, suchte sie den Namen auf der Klingel und drückte den Knopf.

„Ja?", Karens Stimme erklang aus der Sprechanlage.

„Ich bin es, Angela. Ich wollte nur kurz vorbeikommen um zu sehen wie es dir geht."

„Komm herauf."

Angela betrat Karens Appartement. Es war mittelgroß mit Basisausstattung. Es war eine Couch dort, ein Fernseher, ein Esstisch, eine große Küche mit vielen Geräten und ein Schlafzimmer mit einem Doppelbett und einigen Bücherregalen.

Angela ging hinüber zur Couch, legte ihre Tasche ab und setzte sich.

„Kann ich dir etwas anbieten, meine Liebe?", fragte Karen. „Eine Tasse Tee vielleicht?"

„Ja, das wäre wundervoll, Mama", sagte Angela.

Während Karen den Tee zubereitete, holte Angela ihr Telefon heraus und sah sich ein paar geschäftliche E-Mails an. Sie war dabei, ihren Kontakten mitzuteilen, dass sie den Job wechselte. Eric hatte einen Ersatz für sie gefunden, eine junge Frau namens Tina Tupinski, die gerade ihren Master in Betriebswirtschaftslehre in einer Schule der Ivy-League abgeschlossen hatte. In der kommenden Woche war es Angelas Aufgabe, Tina in ihre Stelle einzuführen, damit der Übergang so glatt wie möglich verlief.

Als Karen zurück ins Wohnzimmer kam, hatte sie ein Tablett mit einer Teekanne und zwei Keramiktassen in der Hand. Sie stellte es auf den Kaffeetisch und setzte sich neben Angela. Dann goss sie den Tee in die zwei Tassen und bot Angela Zucker und Milch an, aber Angela bevorzugte ihn schwarz. Sie tranken den Tee einige Minuten schweigend.

„Wie läuft es in der Arbeit, meine Liebe?", fragte Karen. „Wirst du Franks Angebot annehmen?"

„Ja, in der Tat werde ich es tun. Ich habe gerade Eric Bescheid gegeben, er war ziemlich traurig darüber, dass ich gehe. Scheinbar werde ich sehr in der Firma geschätzt."

„Nun, ich habe das immer gewusst. Du warst immer schon smart und gut in der Geschäftsumgebung. Das habe ich immer gesagt."

„Was ist mit dir, Mama? Was gibt es Neues in deinem Leben?"

„Du wirst es nicht glauben, aber ich habe tatsächlich jemanden kennengelernt. Sein Name ist Ben Taylor. Er ist 63 Jahre alt und ein pensionierter Bänker. Wir haben uns letztens beim Bingo getroffen. Er ist so nett, Angela."

Angela war wirklich glücklich für ihre Mutter. Seitdem ihr Vater gestorben war, war Karen Single gewesen. Karen war eine attraktive Dame. Schlank mit langen Haaren und einem schönen Körper für eine Frau ihres Alters. Es gab nichts, was sie daran hinderte, einen Freund zu finden.

„Wundervoll, Mama!", rief Angela aus. „Und ihr seid beide in Pension, deshalb werdet ihr viel Zeit miteinander verbringen können. Höre ich Hochzeitsglocken?"

„Nein, Angie. Noch nicht. Wir haben uns gerade kennengelernt! Aber er führt mich Freitag ins Kino aus. Wo wir gerade davon sprechen, da Rosalie und Sam noch in der Stadt sind, könnten wir fünf etwas gemeinsam unternehmen. Bowling wäre vielleicht lustig?"

Angela fragte sich, ob sie Anderson mitbringen konnte. Dann wären sie zu sechst. Eine gute Zahl. Drei Pärchen.

„Das ist eine gute Idee, Mama", sagte Angela. „Ich bin diese Woche wirklich eingespannt. Ich muss das neue Mädchen in meine Stelle einarbeiten. Aber am Wochenende müsste ich Zeit haben. Lass uns etwas unternehmen. Und ich kann Anderson mitbringen."

Karens Augen leuchteten auf.

„Meinst du, dass er auf eine schäbige Bowlingbahn gehen möchte? Ich meine, ein Mann in seiner Position, glaubst du nicht, dass es ihm ein wenig peinlich sein könnte, in so einem Ort gesehen zu werden?"

„Ich glaube, dass er mich liebt, Mama. Zudem würde er gerne meine Familie kennenlernen. Alle von uns."

Genau in diesem Moment vibrierte Angelas Telefon. Sie sah auf das Display und es war Anderson. Der Text war einfach:

Hey Babe, ich denke an dich. Heute war ein echter Killer-Tag. Sehr beschäftigt. Ich brauche ein wenig Angela-Zeit. Kann ich heute Abend einen Sprung bei dir vorbeikommen?

Karen und Angela tranken ihren Tee aus. Angela blieb noch ein wenig. Sie wollte mehr über Ben herausfinden. Es stellte sich heraus, dass er eine sehr interessante Karriere gehabt hatte. Er hatte sich in seiner Firma als Investment-Bänker hochgearbeitet. Dann war er dem Heer als Senior Officer beigetreten und hatte zwei Amtszeiten Übersee gedient. Nun war er in Pension. Karen erzählte, dass ihn all die Zeit, die er zu Verfügung hatte, verrückt machte. Bingo war eine der Aktivitäten, mit denen er sich beschäftigte. Er war ebenso ein begeisterter Segler und sammelte seltene Erstauflagen von Büchern. Er war sehr belesen und äußerst gebildet. Angela war sehr glücklich für ihre Mutter.

Als es Zeit war zu gehen, entschuldigte sich Angela und bedanke sich bei Karen für den Tee. Sie sagte, dass sie fragen würde, ob Anderson am Wochenende mit zum Bowling gehen wollte, was Karen sehr freute. Sie umarmten sich bei der Verabschiedung und Angela verließ das Appartement.

12

ROMANTIK IN DER LUFT

W ährend der Taxifahrt schrieb sie Anderson um ihm mitzuteilen, dass er kommen konnte, wann immer er wollte. Sie bekam eine Nachricht zurück, dass er in einer halben Stunde da sein würde.

Zurück im Appartement beschloss Angela, sich für Anderson vorzubereiten. Sie dimmte das Licht, schaltete ein wenig leise Jazzmusik ein (sie mochte Miles Davis) und stellte ein paar Duftkerzen auf. Dann ging sie hinüber zu ihrem Schrank und suchte nach reizvoller Kleidung, die sie anziehen konnte.

Sie hatte eine Menge Kleider, die sich perfekt eigneten. Sie waren alle sehr offenherzig und sexy, aber sie entschloss sich für Dessous. Sie wählte eine hübsche rote Wäsche aus ihrem Schrank und hielt sie vor dem Spiegel an ihren Körper. Die Dessous, welche ihr schönes dunkles Haar und den mediterranen Touch unterstrichen, waren perfekt.

Der rote Spitzen-BH war knapp, offenbarte viel Haut und war durchsichtig genug, um ihre braunen Nippel zu zeigen. Das Höschen war ohne Schritt und ging auf der Rückseite ihren Hintern hinauf, es legte ihre perfekt geformten Pobacken frei. Dann zog sie die Dessous an und betrachtete sich selbst im Spiegel. Sie drehte sich, um einen

360°-Anblick ihres Körpers zu erhalten und lächelte sich an, da sie wusste, dass Anderson diese Überraschung lieben würde.

Sie warf sich einen Seidenmantel über und zog ihn um die Taille zu, dann ging sie in die Küche. Sie durchsuchte ihren Kühlschrank und fand eine ungeöffnete Flasche Champagner. Sie stellte die Flasche in einen Eiskübel aus Metall, brachte ihn in das Esszimmer und stellte den Kübel auf den Tisch. Alles war perfekt. Sie setzte sich auf die Couch und wandte ihrem Telefon ihre Aufmerksamkeit zu. Während sie auf Andersons Ankunft wartete, sah sie sich noch einige ihrer Kontakte an und notierte jene, die sie in der Arbeit anrufen musste.

Als sie ein Klopfen an der Tür hörte, blieb ihr Herz stehen. Sie ging hinüber zu der Türe und fragte aufreizend, wer dort war.

„Es ist die Polizei", war die Antwort.

Andersons Stimme war unverkennbar.

„Habe ich etwas angestellt?", fragte sie neckisch.

„Du warst sehr unanständig. Nun öffne, damit du deine Bestrafung bekommst."

„Ich hoffe, es ist eine sehr große, harte Bestrafung."

Angela öffnete die Türe und Anderson stand dort. Er trug einen dunkelblauen Anzug und einen beigen Mantel. Er hatte einige Styropor-Behälter in der Hand, die so aussahen, als würden sie Sushi beinhalten.

„Darf ich hereinkommen?", fragte er.

Angela packte ihn an seinem Mantel und zog ihn herein. Anderson hatte kaum die Zeit, die Türe zu schließen, während Angela sich auf die Zehenspitzen stellte und seine Lippen leidenschaftlich küsste. Sie drückte ihn gegen die Tür, zog seinen Mantel aus, wanderte mit den Händen über seinen ganzen Körper und durch sein Haar. Sie begann, sehr bedächtig seine Kleidung auszuziehen und warf sie auf den Lounge-Stuhl, der im Wohnzimmer stand. Andersons Hände waren auf Angelas gesamten Körper. Zuerst glitten sie durch Angelas Haar. Dann strichen sie ihren Rücken entlang. Er hielt inne, um eine ihrer fantastischen Brüste in seine starke Hand zu nehmen. Dann brachte er seine Hände hinunter zu

ihrem Hintern und spielte mit ihm. Er konnte durch ihren Seidenmantel spüren, dass sie fast nichts drunter trug.

„Komm mit", wies Angela den fast nackten Anderson an.

Sie gingen hinüber zur Couch und setzten sich. Angela öffnete
den eiskalten Champagner und schenkte beiden ein Glas ein. Dann
nahm sie das Essen, welches Anderson mitgebracht hatte und stellte
es auf den Tisch. Sie aßen für eine Weile ohne zu sprechen oder den
Moment zu verschwenden. Als sie voll waren, räumte Angela das
Essen weg und setzte sich auf die Couch gegenüber von Anderson.
Sie lehnte sich zurück und ließ ihren Mantel auf den Boden fallen.
Ihre Beine waren gerade genug gespreizt, dass Anderson einen Blick
auf ihre schöne rosarote Muschi werfen konnte.

„Nun, wie war dein Tag, Liebling?", fragte Angela.

Anderson schluckte. Er wurde schnell rot im Gesucht und
maßlos aufgegeilt.

„Oh, er war in Ordnung. Ich bereite einen Besuch in Frankreich
vor. Wir müssen in Paris ein Geschäft aufbauen. Wir werden neue
Büros öffnen und so weiter. Wie war dein Tag?"

Angela griff nach unten und begann, mit ihrer Muschi zu spielen.

„Er war in Ordnung", sagte Angela beiläufig. „Ich habe Eric
gesagt, dass ich die Firma verlassen werde, um für Frank zu arbeiten.
Er hat es scheinbar ziemlich gut aufgenommen, obwohl ich glaube,
dass es nicht leicht für ihn sein wird, mich zu ersetzen."

Angelas Finger tanzten über ihre Muschi, nun spreizten sie ihre
Lippen und rieben an ihrem Kitzler. Sie begann zu erkennen, wie
sich eine Beule in Andersons Hose bildete.

„Und wie geht es deiner Mutter?", fragte Anderson und versuchte
nonchalant zu klingen.

„Sie hat einen neuen Freund", antwortete Angela mit monotoner
Stimme.

„Oh, gut für sie!"

„Komm her", befahl Angela.

Anderson kroch zu ihr hinüber und küsste sie auf die Lippen.
Dann führte Angela seinen Kopf nach unten, ihre Finger fuhren
durch sein Haar, bis er direkt vor den Lippen ihrer Muschi war.

Anderson musste nicht fragen, was Angela wollte. Er leckte um ihre Lippen und verbrachte ein wenig Zeit auf ihrem Kitzler. Seine Zunge wanderte um ihre Muschi, drang in ihr Loch ein und tanzte wieder nach außen, um ihre inneren Lippen sanft zu massieren. Er brachte eine Hand nach oben, um ihre Lippen zu spreizen, damit er die inneren Falten ihrer Vagina besser erreichen konnte.

Angela stöhnte vor Vergnügen. Sie begann, ihre Hüften zu heben und drückte ihre Muschi in Andersons Gesicht. Anderson genoss den Geschmack und verlor keine Zeit, er küsste sie und machte mir ihrer Vulva herum.

Dann hob Angela ihre Hüften und schob ihr Höschen hinunter; es baumelte an einem Knöchel. Sie drehte sich um und hob ihren Hintern in die Luft. Anderson bekam einen wundervollen Anblick ihrer Muschi und ihres Arsches, er kniete immer noch vor ihr und begann, ihre Muschi von hinten zu lecken. Sein Gesicht war direkt vor ihrem Intimbereich platziert. Er griff nach oben und spreizte ihre Arschbacken. Er küsste ihr Arschloch und leckte ihre Muschi noch ein wenig. Angela schrie vor Genuss.

„Fick mich, Anderson", flüsterte Angela. „Ich will dich jetzt in mir."

Anderson zog seine Hose aus und kniete sich direkt hinter sie. Er schob seinen steinharten Schwanz in ihre Muschi, zuerst langsam. Dann begann er, sie härter und härter zu ficken. Seine Stöße waren zärtlich und bedacht. Sie waren nicht gezwungen. Er kam nie aus dem Rhythmus, was Angela immer mehr in Ekstase brachte.

„Berühre meinen Arsch", schaffte ihm Angela an. „Ich möchte deine Hände auf meinem ganzen Hintern spüren."

Anderson verlor keine Zeit, er drückte ihre Pobacken und spreizte sie. Er legte einen Finger auf ihr Loch und ließ ihn dort, während er sie weiter rhythmisch fickte.

„Oh ja, Anderson, das fühlt sich so gut an. Du bist so ein großartiger, starker Mann. Fick mich härter. Dein Schwanz fühlt sich so gut an."

Dann bemerkte Angela, dass Anderson begann stärker und stärker zu keuchen. Scheinbar war er bereit zu kommen. Angela wollte, dass Anderson in ihr kam. Sie drückte ihren Arsch gegen seinen Körper und versuchte, ihn tiefer und tiefer zu nehmen.

Anderson explodierte und schoss seinen Samen in ihre Vagina, sein Orgasmus dauerte volle 30 Sekunden an. Während er kam, schrie Angela vor Genuss auf.

Sie brachen zusammen erschöpft auf der Couch zusammen. Angela fühlte sich vollkommen befriedigt von ihrer körperlichen Liebe, und auch Andersons Gesichtsausdruck sah sehr zufrieden aus.

Sie gingen ins Bett und krochen unter die Decken. Sie wollten ein kurzes Nickerchen halten, und als sie aufwachten war es fast Mitternacht.

„Meine Mutter wollte, dass ich dich einlade, mit uns am Wochenende zum Bowling zu gehen. Meine Schwester und ihr Freund, sowie Mamas Freund werden dabei sein. Willst du mitkommen?"

„Samstag?"

„Ja. Magst du Bowling?"

„Ich war auf dem College in einem Team. Ich habe es seit einer Ewigkeit nicht mehr gemacht, aber es ist eine gute Idee."

Es entstand eine lange Pause. Angela kuschelte sich näher an Anderson und schob ihren Hintern an seinen Schritt. Sie konnte nicht sagen, ob sie es sich nur eingebildet hatte, aber sie glaubte zu spüren, dass etwas da unten steif wurde.

Anderson musste nach Hause fahren und konnte die Nacht nicht bei ihr verbringen, weil sein Tag am folgenden Morgen sehr früh begann. Er musste Arrangements für die Expansion in Paris treffen. Angela musste in der Regel erst später aufstehen.

Der Rest der Woche verlief ziemlich glatt. Angela verbrachte jeden Arbeitstag mit Tina, die sich im Büro einlebte. Sie verschob ihre Computerdateien auf einen Datenträger, den Tina verwenden konnte.

Am Freitag lud Angela Tina und Eric auf einen Drink in einer nahen Bar ein, um das Ende der Arbeitswoche und Tinas erfolgreiche Einführung in das Team zu feiern. Eric und Tina dachten beide, dass das eine wundervolle Idee war. Der Nachmittag verflog, dann gingen die drei hinüber zum „Flaming Eagle"; es war eine ziemlich gewöhnliche Sportbar, aber dort wurden die besten Martinis in der Nachbarschaft serviert.

Eric, Angela und Tina fanden einen Tisch beim Fenster. Eric bestellte die erste Runde Martinis.

„Auf neue Karrierechancen! Auf alte Freundschaften!", rief Eric aus.

Die drei hoben ihre Gläser und blickten sich gegenseitig in die Augen, bevor sie anstießen.

„Freust du dich darüber, Teil unseres Teams zu sein, Tina?", fragte Eric. „Ich weiß, dass du eine große Lücke zu füllen hast, aber du bist eine smarte und talentierte Frau; das sollte also kein Problem für dich sein."

Die Konversation ging in diese Richtung weiter und während die nächsten Drinks kamen, begannen die drei, immer mehr Spaß zu haben.

„Ich habe immer schon gedacht, dass Angela niedlich ist", gab Tina mit einem mädchenhaften Kichern zu.

Angelas Mund schnappte auf.

„Ich weiß nicht, was ich sagen soll, Tina", sagte Angela.

Dann machte Eric, der die Wirkung des Martinis spürte, eine Aussage, die Angela überraschte.

„Findest du nicht auch, dass Tina niedlich ist, Angela?"

Dann hatte Angela eine Idee. Sie holte ihr Telefon heraus und rief Anderson an. Sie hoffte, dass er abheben würde. Er arbeitete normalerweise spät am Freitag, aber vielleicht konnte er für sie und ihre Freunde eine Ausnahme machen.

„Hallo?", sagte Anderson.

„Anderson! Ich bin hier mit Eric und dem neuen Mädchen Tina. Sagt hallo, Leute!"

Eric und Tina sagten „Hi".

„Wie auch immer", fuhr Angela fort, „wir genießen gerade einige Drinks im Flaming Eagle und ich fragte mich, ob du mit deiner Limo vorbeikommen und eine Runde mit uns fahren möchtest. Natürlich wenn Pat nichts dagegen hat."

„Ich beende gerade einige Dinge im Büro. Aber Drinks hören sich gut an. Ich kann in circa einer Stunde dort sein."

„Kling gut, Babe, bis gleich", sagte Angela, als sie auflegte. „Weißt du Tina, je mehr ich dich ansehe, desto mehr erinnerst du mich an meine Mitbewohnerin als im College war. Du bist genauso hübsch wie sie. Ihr beide habt blondes Haar. Und ein heißes Gestell."

Der verlegene Ausdruck auf Erics Gesicht verwandelte sich in Sekundenschnelle in Interesse.

Die drei verbrachten die restliche Zeit mit ein wenig Small-Talk und bestellten ein paar weitere Runden Martinis, bevor sie auf den Gehsteig gingen, um auf Andersons Limo zu waren. Eric hatte die Rechnung bezahlt, was sehr nett von ihm war, da sie nicht billig war. Während sie warteten wanderte Tina mit ihrer Hand an Angelas Arm hinunter und ergriff ihre Hand. Sie standen gute zehn Minuten Hand in Hand da, bis sich schließlich Andersons Limo näherte und Pat ihnen die Türen öffnete.

Eric, Tina und Angela stiegen ein und machten es sich auf dem schwarzen Leder gemütlich. Anderson küsste Angela auf die Lippen, dann gab er Eric einen festen Handschlag. Er umarmte auch Tina und sagte ihr, dass er sich freute, sie kennenzulernen.

„Wie waren die Drinks?", fragte Anderson und sprach dabei niemanden direkt an.

„Sie waren gut", sagte Tina und bekam einen Schluckauf. Sie hatte eindeutig am wenigsten Erfahrung mit dem Trinken. Sie war im angeheiterten Zustand sehr vergnüglich und dabei, noch mehr Spaß zu bekommen.

13

WILDE ZEITEN

Anderson sagte Pat, er solle eine Weile herumfahren, während sie beschlossen, was sie machen wollten. Es war Freitagabend und sie waren nicht gebunden. Anderson hatte Geld ohne Ende und die vier hatten Lust darauf, ein wenig Spaß zu haben. Sie zogen in Betracht in einen Club zu gehen. Oder in eine andere Bar. Oder in ein schickes Restaurant. Dann sagte Tina, dass sie Andersons Appartement sehen wollte. An diesem Punkt erkannte Angela, dass sie noch nie wirklich viel Zeit dort verbracht hatte. Sie und Anderson neigten aus irgendeinem Grund dazu, ihre gemeinsame Zeit in ihrem Appartement zu verbringen.

„Ich denke, dass das eine gute Idee ist. Lasst uns zu Anderson fahren", sagte Angela.

„Willst du nicht zuerst in einen Club gehen, Babe?", fragte Anderson.

„Ich glaube – hicks – wir sollten tanzen gehen und *dann* zu Anderson fahren. Die Nacht ist immer noch frisch und jung", sagte Tina.

Dann kam Eric zu Wort.

„Anderson, Mr. Cromby, ich wollte nur sagen, das es ein Vergnügen ist, außerhalb der Geschäftsumgebung ein wenig Zeit miteinander zu verbringen. Unsere Firma ist nach wie vor über die Zusammenarbeit erfreut, und die Möglichkeit zu haben sich außerhalb des Büros zu sehen, ist unbezahlbar."

Anderson schätzte das Kompliment.

„Ich habe den höchsten Respekt für Sie, Mr. Taylor, genauso wie für Ms. Hayes dort drüben. Wenn die Dinge gut laufen, können wir öfters gemeinsam etwas unternehmen. Und natürlich ist auch Ihre Frau herzlich willkommen."

Dann bekam Tina wieder einen ziemlich geräuschvollen Schluckauf.

„Das waren großartige Martinis", sagte sie.

„Okay", sagte Angela und unterbrach den Moment. „Lasst uns in einen Club gehen und danach zu Anderson. Wir können uns einen vergnüglichen Abend machen. Nun, eine weitere wichtige Angelegenheit. Sollen wir Mr. und Mrs. Edwards einladen?"

„Ich werde sie anrufen", sagte Anderson.

Anderson versuchte die Edwards zu erreichen, aber sie antworteten nicht. Deshalb schickte er ihnen eine Nachricht, um mit ihnen in Kontakt zu treten. In der Zwischenzeit waren sie dabei, einen Weg zu finden, um ohne ihnen Spaß zu haben.

„Ich denke, dass ich Tequila hier im Kühlschrank habe", sagte Anderson und zog eine Flasche teuren mexikanischen Tequila heraus. Dann stellte er vier Shots in einer Reihe auf die Bar seiner Limo.

„Ich will das Salz von Angelas Arsch lecken", sagte Tina plötzlich.

Die drei lachten über diesen Vorschlag, aber sie dachten, dass es eine großartige Idee war. Tina wusste wirklich, wie sie den Ball ins Rollen bringen konnte. Angela beugte sich nach vorn und hob ihren Rock. Dann zog sie ihr Höschen hinunter. Ihr war absolut bewusst, dass alle in der Lage waren, ihre rosarote Muschi anzusehen. Eric fand einen Salzstreuer in einem der Kästchen der Limo und streute ein wenig Salz auf Angelas nackten Arsch. Er fand ebenso ein paar in Scheiben geschnittene Limetten. Tina nahm eine davon, um am Ende hineinzubeißen. Sie trank den Shot Tequila und leckte das Salz weg. Dann saugte sie die Limettenscheibe aus und legte sie weg.

„Wer ist der Nächste?"

Eric war an der Reihe. Er widmete sich der gleichen Aufgabe wie Tina, doch dieses Mal streute sie das Salz auf ihr Loch, anstatt auf die Pobacken. Dann trank er den Shot und leckte das Salz entschlossen von ihrem Arsch. Das schickte bebende Wellen durch Angelas Wirbelsäule. Es fühlte sich so gut an. Und sie liebte es, im Mittelpunkt der Aufmerksamkeit zu stehen.

Schließlich war Anderson dran. Bevor er das Salz über sie streute und seinen Shot trank, rieb er Angelas Muschi ein wenig und machte sie schön feucht. Aber Anderson beschloss, gar kein Salz zu verwenden. Er trank seinen Shot und leckte dann Angelas Muschi eine Minute lang, bevor er an seiner Limettenscheibe saugte.

„Niemand mehr? Keine zweite Runde?", fragte Angela.

„Ich möchte wissen, wie eure Schwänze aussehen", sagte Tina und überraschte erneut die anderen.

Es schien jedoch, dass es Eric ein wenig in Verlegenheit gebracht hatte, seine Kleidung auszuziehen. Anderson, auf der anderen Seite, war bereits dabei. Nachdem Eric gesehen hatte, wie schnell Anderson seine Hose geöffnet und seine Boxershorts entfernt hatte, beschloss Eric, seinem Beispiel zu folgen. Sein Schwanz war nicht so groß wie Andersons, aber er hatte einen anständigen Umfang und war ein ansprechender Penis, den die Mädchen angeregt betrachteten.

Tina bewegte sich zu Eric und setzte sich auf seinen Schoss. Mit einer Hand stützte sie sich auf seiner Schulter ab und mit der anderen liebkoste sie seine Erektion. Sie wichste ihn erfahren und begann dann, seinen Mund zu küssen. Ihre Zungen verschlangen sich miteinander, während sie leidenschaftlich herummachten. Der Anblick der beiden, wie sie sich miteinander vergnügten, machte Angela noch erregter.

Angela positionierte sich selbst auf Andersons Schoß, aber diesmal, anstatt seinen Schwanz in ihre Muschi zu schieben, senkte sie ihren Arsch über seinem Schwanz, bis er in ihr Arschloch eindrang.

„Wir haben das noch nicht gemacht, glaube ich", flüsterte sie in Andersons Ohr.

Dann ritt sie auf ihm, sein Schwanz glitt in ihr Arschloch hinein und wieder hinaus. Anderson hob seine Hände zu ihrem Oberkörper und umfasste ihre Titten, er spielte mit ihrem Gewicht und bemühte sich besonders, um ihre Nippel zu reizen und mit ihnen zu spielen.

Tina nahm ihre freie Hand, nicht jene die Erics Schwanz streichelte, und griff nach Angelas Muschi, begann sie zu berühren. Angelas Kitzler war hart und Tina hob ihre Hand zu Angelas Mund. Angela saugte an Tinas Fingern. Das war die Befeuchtung, die Tina benötigte. Sie begann, ihre Finger um Angelas Klitoris zu zwirbeln und ihre Muschi zur gleichen Zeit zu massieren.

Das Gefühl von Andersons Schwanz in ihrem Arsch brachte Angela dazu, vor Genuss zu schreien. Sie wollte, dass er ihren Arsch mit seinem heißen Samen füllte. In diesem Moment explodierte Eric in einem Orgasmus und bedeckte Tinas Hand mit seinem Saft. Ein paar Augenblicke später kam auch Anderson und füllte Angelas Arsch.

Ein paar Momente der Stille vergingen. Die vier fühlten sich komplett befriedigt und teilten nun eine Ebene der Intimität, die nur diejenigen fühlen konnten, die Sex miteinander gehabt hatten.

Pat fuhr sie weiterhin durch die Straßen der Stadt. Die Gruppe wechselte von Tequila zu Wein, als Anderson eine sehr teure und erlesene Flasche französischen Cabernets hervorholte. Tina blickte Anderson an, ihre Augen waren plötzlich unschuldig und rehartig. Angela fragte sich, ob Anderson daran dachte, sie zu ficken. Sie frage sich, ob Anderson etwas für niedliche Blondinen übrig hatte.

Andersons Telefon klingelte. Es war Frank Edwards. Er und seine Frau hatten an einer Benefizveranstaltung für eine philanthropische Organisation teilgenommen, in die er involviert war und scheinbar wollten sie die Nacht ein wenig in der Stadt genießen. Es war genug Platz in der Limo.

Anderson wies Pat an, bei ihnen vorbeizuschauen, um die zwei neuen Gefährten abzuholen. Eric war begeistert darüber, Frank und Amanda kennenzulernen. Ein Teil von ihm wollte die Person treffen, die ihm eine seiner besten Mitarbeiterinnen genommen hatte. Natürlich hatte Eric, wie er viele Male bestätigt hatte, keine negativen Gefühle dabei.

Frank und Amanda stiegen in die Limousine. Sie waren mit schöner und eleganter Abendgarderobe bekleidet. Frank trug einen schwarz-weißen Tuxedo, Amanda hingegen hatte sich ein elegantes, reizvolles Abendkleid angezogen, das ihre natürliche, schöne Figur betonte. Sie sah großartig für eine Frau in den Vierzigern aus.

„Es riecht nach Sex hier drin", sagte Frank plötzlich und erhielt Gelächter von allen als Antwort.

Tina winkte Frank zu und streckte ihre Hand aus.

„Ich bin Tina!", sagte sie enthusiastisch. Frank erkannte sofort, dass sie sowohl die Jüngste als auch die Unerfahrenste der Gruppe war. Aber sie war verdammt heiß.

Anderson brachte sich ein.

„Frank, du kennst Angela. Das ist Eric, er ist Angelas baldiger ehemaliger Chef."

„Dank Ihnen!", sagte Eric scherzend.

„Ich nehme an, ich sollte mich bedanken, Eric. Sie haben eine sehr kompetente Geschäftsfrau hochgezogen. Wenn das wahr ist, was sie mir gesagt hat, sind auch Sie ein sehr guter Manager. Vielleicht können wir einmal darüber sprechen, auch Sie in die Regierung zu bringen."

„Vielleicht", sagte Eric, der seinen Job mochte. Das Angebot schmeichelte ihm jedoch.

„Die Nacht ist jung, meine Freunde", sagte Anderson. „Was sollen wir unternehmen?"

„Lasst uns auf ein paar Drinks in das Castle Winery gehen", schlug Frank vor, „dort gibt es die beste Auswahl an exotischen Weinen in der Stadt. Was haltet ihr davon?"

Alle schienen ihm zuzustimmen, es war ein exzellenter Vorschlag. Angela selbst dachte, dass es eine gute Idee war, auch weil Anderson derjenige sein würde, der die Rechnung übernimmt. Eine Rechnung, die für alle sechs leicht Zehntausende übersteigen konnte.

Pat benötigte zwanzig Minuten, um den Parkplatz vor der prestigereichen Bar zu erreichen. Alle Arten der High Society waren dabei, sich zum Eingang zu begeben. Anderson sagte Angela, dass er mindestens ein halbes Dutzend Arbeitskollegen erkannt hatte, als er sich kurz nur den Außenbereich angesehen hatte.

Sie stiegen nacheinander aus dem Auto, dann befanden sich alle sechs vor dem luxuriösen Eingang. Es hatte sich eine lange Schlange gebildet. Anderson wollte sie nicht eine Stunde warten lassen, nur um hineinzukommen. Er gab dem Türsteher mehrere Hundert-Dollar Scheine und dieser öffnete ihnen dankbar den Weg, um hineinzugehen.

Als sie eintraten, war Angela von der Eleganz dieses Orts überwältigt. Im Zentrum des Hauptsaals befand sich eine große Mahagoni-Bar mit mehreren gut angezogenen Pärchen, die sich dort aufhielten. Auf der Hinterseite gab es einige quadratische Tische mit weißen Tüchern. Eine Live-Band, die aus einem Cello-Spieler, einem Pianisten, einem Gitarristen und einem Schlagzeuger bestand, spielte ein Jazz-Stück und Angela bekam Lust darauf, zu tanzen.

„Wo sollen wir uns setzen?", fragte Anderson. „Ich mag normalerweise die Ecke dort drüben sehr gerne, von dort haben wir einen guten Blick auf die Band und wir können vertraulich miteinander sprechen."

„Das klingt gut", sage Frank und der Rest der Gruppe stimmte zu.

Ein Kellner brachte sie zu ihrem gewünschten Tisch und ließ sie Platz nehmen. Er brachte eine umfangreiche Weinkarte und einige Speisekarten. Anderson machte einige Bemerkungen über die unterschiedlichen gebotenen Weinarten. Der Kellner brachte kurz danach die Drinks und goss sechs Gläser ein.

Angela verlor sich in der überwältigenden, bezaubernden Musik. Sie blickte hinüber zu Anderson, der ebenso seine Aufmerksamkeit der Live-Band schenkte. Sie griff unter dem Tisch nach seiner Hand und drückte sie. Anderson wandte sich Angela zu und beugte sich für einen Kuss zu ihr. Die beiden bemerkten, dass auch Frank und Amanda Händchen hielten. Eric sprach sanft mit Tina und Angela konnte nicht verstehen, was sie sich sagten. Das war okay für sie, weil sie sich so sehr dabei vergnügte, diesen Moment zu genießen.

„Ist jemand hungrig?", fragte Anderson.

„Ich bin ein wenig hungrig", sagte Tina.

„Was hättest du gerne?", entgegnete Anderson. „Ich persönlich würde das Filet Mignon empfehlen. Es schmeckt großartig, wenn es medium-rare zubereitet wird."

„Okay, ich werde es nehmen. Bin ich die Einzige, die etwas isst?"

Die Anderen bestellten nur einige Hors d'oeuvres. Sie hatten gegrillten Tintenfisch, Lammrücken und einige Dutzende rohe Austern. Es war die perfekte Menge Essen und stellte alle unsagbar zufrieden.

„Ich wünschte, man könnte hier tanzen", sagte Angela.

„Wir können danach woanders hingehen, Liebes", antwortete Anderson. „Wir müssen nicht die ganze Nacht hierblieben."

Die Gruppe leerte die Flasche Wein und bestellte dann einige weitere. Angela war mehr als beschwipst. Nach den Shots in der Limo und dem Wein war es ein Wunder, dass sie geradeaus sehen konnte.

„Seid ihr alle so angeheitert wie ich?"

„Ich bin auf dem Weg dorthin", sagte Eric, „aber ich könnte trotzdem noch ein paar Drinks vertragen. Vielleicht einen Scotch oder einen Brandy."

14

BEZIEHUNGEN

Alle genossen den Abend, und als er sich dem Ende zuneigte, begann Angela viel Wasser zu trinken, um den Kater am nächsten Tag zu minimieren. Als sie um elf Uhr aufwachte, war sie überrascht, sich in Andersons Appartement zu befinden. Als sie sich aufsetzte und sich umsah, wurde ihr klar, dass sie es noch nie vollständig erforscht hatte. Wenn es das Appartement einer anderen Person gewesen wäre, hätte es sie nicht so interessiert. Doch wie sieht das Appartement eines Multi-Milliardärs aus?

Anderson schlief tief neben ihr, er lag auf seinem Bauch und schnarchte leise. Er war von der Hüfte aufwärts nackt. Angela stieg aus dem Bett und ging herum. Der erste Raum, den sie abgesehen von dem Schlafzimmer begutachtete, war die Küche. Sie war wirklich enorm. Die gesamte Wohnung hatte acht getrennte Zimmer. Drei davon waren Schlafzimmer, die anderen waren riesige Räume, Wohnzimmer und Lounge-Bereiche.

Es gab drei extrem große Flachbildschirme und die Sofas waren aus feinstem italienischem Leder. Sie ging zurück in die Küche und öffnete den Gefrierschrank. Sie nahm eine Packung Ben & Jerry's Vanilleeis, ging hinüber in eines der Wohnzimmer, setzte sich und nahm die Fernsteuerung. Sie sah eine Stunde lang fern, und Anderson schlief immer noch. Sie beschloss, ihn aufzuwecken.

Sie ging in das Schlafzimmer, zog seine Boxershorts hinunter und begann, seinen erregten Schwanz zu bearbeiten. Er wurde in ihren Händen noch härter, bis Anderson sich schließlich umdrehte und aufwachte.

„Ich habe geträumt, dass ich von einer schönen Göttin einen runtergeholt bekomme. Und der Traum war zutreffend", sagte Anderson.

Angela zog den BH und das Höschen aus, dann kletterte sie auf ihn. Sie begannen, miteinander herumzumachen, und als Andersons Hände über ihren gesamten Körper wanderten, fühlte Angela, wie sie wieder nass wurde. Aber sie wollte nicht nur Sex haben. Sie wollte das komplette Programm von Anderson bekommen.

„Ich habe mich in deiner Wohnung umgesehen", sagte sie. „Sie ist ziemlich schön. Möchtest du sie mir ausführlicher zeigen?"

Anderson zog einen Morgenmantel an und ging zu seinem riesigen Schrank. Er fand einen blauen Baumwollmantel für Angela und gab ihn ihr. Anderson führte sie durch die gesamte Wohnung. Er erklärte den Zweck der unterschiedlichen Räume und lenkte ihre Aufmerksamkeit auf die Technologie in jedem Zimmer. Anscheinend gab es eine Sprachsteuerung, die Dinge regulierte wie das Dimmen der Lichter oder die Einstellung der Temperatur in jedem Raum.

„Du bist ein Wunder, mein Liebling", sagte Angela. „Sag mal, meine Mutter möchte, dass wir heute Bowling gehen. Bist du immer noch dazu bereit?"

„Natürlich bin ich das, aber ich brauche ein paar Stunden heute Nachmittag, um einige Dinge zu erledigen, deshalb muss ich ins Büro fahren. Wenn du willst kann dich Pat in der Zwischenzeit begleiten, egal wohin du fahren musst."

„Vielleicht gehe ich Maxine und Henry besuchen und überrasche sie. Ich sollte ohnehin nachsehen, wie es Maxine geht um sicherzustellen, dass sie sich vollkommen erholt."

„Das klingt nach einem guten Plan."

Angela duschte in einem von Andersons eleganten Badezimmern. Die Dusche selbst war herrlich. Der Wasserdruck war sehr hoch und die Temperaturkontrolle war ausgezeichnet. Sie duschte ausgiebig und heiß, und als sie herauskam fühlte sich ihre Haut sauber und gepflegt an (sie hatte einige Lotions in der Dusche gefunden und verwendet).

Sie zog sich die Kleider von letzter Nacht an, verabschiedete sich mit einem Kuss von Anderson und ging hinunter zum Gehsteig. Anderson hatte Pat angerufen, der vorn wartete. Er lehnte an der Limousine und rauchte eine Zigarette. Als er Angela erblickte, warf er die Zigarette sofort weg und öffnete die Türe für sie.

„Vielen Dank, Sir", sagte Angela.

Sie erklärte Pat den Weg zu Maxines Appartement. Als sie ankam, läutete sie und Maxine ließ sie herein. Angela konnte sofort erkennen, dass es Maxine viel besser ging. Es schien sogar, dass sie bald wieder mit dem Training anfangen konnte.

„Also fühlst du dich besser?", fragte Angela.

„Millionen mal besser! Danke noch einmal, dass du dich um mich gekümmert hast. Ich habe gestern mit meinem Trainer telefoniert und wir werden die Vorbereitungen für das nächste Tournier beginnen. Es wird in Paris stattfinden."

„Das ist lustig, Anderson spricht immer davon, dass sich seine Firma nach Frankreich ausbreiten will. Sie werden ein großes Büro in Paris aufbauen. Vielleicht könnt ihr beiden euch einmal dort treffen."

„Vielleicht könnten wir uns alle dort treffen? Wenn du dir ein wenig Zeit von der Arbeit nehmen könntest, wäre es toll, wenn wir uns dort sehen könnten. Du solltest Frank fragen. Übrigens, wann beginnst du für ihn zu arbeiten?"

„Ich bin noch eine Woche in der Firma und am Montag der darauffolgenden Woche werde ich im Büro der Schatzkammer beginnen."

„Klingt großartig. Ich bin so stolz auf dich, Angela."

„Wie geht es Henry? Ich weiß, er musste sich öfters freinehmen, um sich um dich zu kümmern, hat sich das wieder gut eingependelt?"

„Seine Mitarbeiter haben sich um seine Projekte gekümmert,

während er mir geholfen hat. Also war das nicht wirklich ein großes Problem."

Angela und Maxine verbrachten noch ein paar Stunden miteinander. Sie sprachen über ihre Romanzen, Neuigkeiten, ihre Karrieren und Familien. Angela erwähnte, dass sie an diesem Abend mit ihrer Mutter, Ben, Rosalie und Sam zum Bowling gehen würde. Sie lud ebenso Maxine ein, aber sie konnte nicht mitkommen, da sie eine Übungsstunde am Tennisplatz mit ihrem Trainer hatte. Sie musste besonders hart trainieren, um die versäumte Zeit nachzuholen.

Angela rief ihre Mutter an, um sie zu fragen, wenn sie sich treffen würden. Karen meinte, dass sechs Uhr eine gute Zeit war. Rose und Sam hatten geplant, um diese Zeit dort zu sein. Angela erkannte, dass sie nach Hause gehen musste, um sich bequemere Kleidung anzuziehen, sie trug immer noch ihr Outfit vom vorigen Abend.

Angela umarmte und küsste Maxine, dann verließ sie ihr Appartement. Pat war weg, deshalb nahm sie ein Taxi zu sich nach Hause. Als sie aus dem Taxi stieg lief sie vor ihrem Haus niemandem anderen als Mark Stevenson in die Arme.

„Okay, das wird langsam unheimlich", scherzte Angela. „Ich kann nicht glauben, dass ich dich wieder genau hier treffe! Komm her!"

Angela gab Mark eine feste, enge Umarmung. Mark schlang seine starken Armen um Angelas kurvigen Körper und drückte sie zurück.

„Wie geht es dir, Angela? Bist du beschäftigt?"

„Ich gehe in ein paar Stunden mit meiner Familie zum Bowling, aber du kannst für einen Drink oder einen Film mit hinauf kommen."

Mark nickte, und Angela nahm in an der Hand und brachte ihn durch die Türen ihres Appartementgebäudes. Als sie oben in ihrem Zimmer war, zog Angela all ihre Kleider aus.

„Du verlierst keine Zeit, nicht wahr?", fragte Mark.

„Ich muss mich für das Bowling umziehen, Dummerchen. Glaubtest du, dass ich auf der Bowlingbahn ein Kleid tragen würde?"

„Warum nicht, du würdest die Aufmerksamkeit aller Männer auf dich ziehen."

„Das muss ich nicht. Ich habe deine Aufmerksamkeit, nicht wahr?"

Angela blinzelte Mark zu.

„Fühl dich wie zu Hause. Leg dich auf die Couch, ich ziehe mir nur schnell etwas an. Im Kühlschrank findest du Bier und ein wenig Käse, bedien dich einfach. Wie läuft es im Geschäft?"

„Wir arbeiten an einigen aufregenden Deals. Die Kommissionen werden heuer großzügig sein. Ich werde möglicherweise den sechsstelligen Bereich übersteigen. Und mit übersteigen meine ich um mindestens zwei oder dreihunderttausend. Aber ich möchte nicht über das Geschäft reden. Lass uns darüber reden, wie großartig dein Arsch in diesen Jeans aussieht."

Angela betrat das Wohnzimmer und trug eine verwaschene blaue Jeans mit einem dunkelvioletten Pullover. Sie war glücklich, dass Mark bemerkte, wie gut sie ebenso in normaler, lässiger Kleidung aussah und nicht nur in schicker Abendkleidung.

„Du denkst, dass mein Arsch großartig aussieht?", fragte Angela.

„Du bist der beste Fick, den ich je gehabt habe. Das ist wirklich wahr."

Angela lächelte insgeheim. Sie konnte mit Stolz sagen, dass sie auch in dieser Sache gut war. Sie ging hinüber zu Mark und setzte sich auf seinen Schoss. Dann nahm sie die Fernsteuerung und begann, durch die Kanäle zu zappen.

Marks Hände begannen zu wandern. Sie glitten beiläufig unter ihren Pullover und umfassten ihre beiden Brüste. Sie waren genau so schwer und perfekt geformt, wie er sich an sie erinnerte. Er hielt sie für eine Weile, drückte sie und fühlte ihre Zartheit.

Angela begann, Marks Penis durch seine Hose zu reiben. Sie liebte das Gefühl seines Schwanzes durch den Stoff. Während sie rieb und mit ihm spielte, wurde er sogar noch härter. Sie öffnete seinen Reißverschluss und befreite seinen Schwanz. Dann bearbeitete sie ihn noch eine Weile. Als Mark dabei war zu kommen, fiel Angela auf ihre Knie und legte ihren Kopf auf seinen Schoss, sie nahm die gesamte Länge seines Schafts in ihren Mund. Mark ergriff ihren Hinterkopf, während er mit einem monumentalen Orgasmus explodierte. Angela wusste nicht, ob sie in der Lage war, alles zu schlucken, weil sie so viel Saft in ihrem Mund hatte. Irgendwie schaffte sie es. Sie dachte, dass es gut schmeckte.

Sie stand auf und setzte sich neben Mark auf die Couch. Sie blickte hinüber zu ihm und er hatte einen schläfrigen Ausdruck im Gesicht. Angela ließ Mark auf der Couch relaxen, während sie aufstand und ein paar schnelle Aufgaben im Appartement erledigte. Ihre Wäsche musste gefaltet werden und es war ein wenig Geschirr in der Küche, das eingeräumt werden musste. Sie brauchte circa zwanzig Minuten um alles zu beenden, was sie begonnen hatte, dann wandte sie Mark wieder ihre Aufmerksamkeit zu.

„Ich muss dich hinausschmeißen, Süßer", sagte sie. „Es ist Zeit fürs Bowling."

„Keine Sorge, ich muss zurück nach Hause und ein wenig Papierkram erledigen. All diese Fristen für die Projekte sind ziemlich knapp. Es war jedoch großartig, dich zu sehen. Du siehst schön wie immer aus."

Angela verabschiedete sich von Mark mit einem Kuss, dann nahm sie ihr Telefon und rief ihre Mutter an. Sie sagte ihr, dass sie unterwegs war und die Bowlingbahn pünktlich erreichen würde. Als sie dort ankam, traf sie Rosalie und Sam, die bereits mit dem Bowling begonnen hatten und die Hälfte ihrer Runde bereits hinter sich hatten. Rosalie führte mit einigen Punkten Vorsprung. Als sie Angela ankommen sahen, stellten sie ihr Spiel auf Pause und gingen ihr entgegen, um sie innig zu umarmen.

„Ich schätze Mama und Ben sind noch nicht angekommen?", fragte Angela.

„Nein, noch nicht", antwortete Rosalie. „Wir waren eine Stunde zu früh hier, deshalb haben wir begonnen, ein wenig zu spielen. Du weißt schon, um uns ein wenig aufzuwärmen. Ich hoffe, du erwartest nicht zu gewinnen!"

Angela lachte.

„Wenn du glaubst, ich würde mir das nicht erwarten, kennst du mich aber schlecht."

Sam lachte lauthals, so wie Rosalie, die ihrer Schwester spielerisch einen Hieb auf den Arm verpasste.

„Komm schon", wagte sich Rosalie, „du kannst mitspielen."

Die drei spielten einige Zeit, bis Karen und Ben ankamen. Angela
war sehr glücklich darüber, Ben kennenzulernen, der ein großartiger
Mann zu sein schien. Während sie spielten, hatten Angela und Ben
eine besondere Verbindung, da er ihr viele abenteuerliche
Geschichten aus seinem aufregenden Leben erzählte. Sie kam wie
Rosalie zu dem Schluss, dass er der perfekte Partner für ihre Mutter
war, die sich das Glück verdiente. Angela war ebenso erfreut zu
sehen, dass er ziemlich gut im Bowling war. Er erreichte in jeder
Runde, die sie spielten den ersten Platz. Nach der vierten Runde
wurden alle müde und beschlossen es genug sein zu lassen. Sie
gingen in das Restaurant bei der Bowlingbahn und bestellten
Getränke und Pommes Frites.

Genau in diesem Moment kam Anderson, der ein weites weißes
Baumwollhemd, eine bequeme, blaues Jean sowie Turnschuhe trug.

15

WAS SIE FÜHLT BUCH VIER

DAS MEETING

Angela ging durch den Eingangsbereich ihres neuen Bürogebäudes. Es war ein prachtvolles Gebäude: die Teppiche waren brandneu und hatten eine tiefgraue Farbe. Außen hatte das Gebäude raumhohe Fenster, die von zwei eigenen Fensterputzern makellos sauber gehalten wurden.

Ihre Stöckelschuhe machten kein Geräusch, als sie mit Nonchalance durch den Gang zu dem Konferenzzimmer ging, das selten verwendet wurde. Das Gebäude hatte drei Konferenzräume, einer war größer und verschwenderischer dekoriert als der andere. Sie ging zu dem letzten davon, der mit einem Eichentisch und hässlichen blauen Computerstühlen ausgestattet war.

Vor zwanzig Minuten hatte Anderson ihr eine Nachricht geschickt, in der nur geschrieben stand „Konferenzraum C – 20 Minuten. Sei pünktlich." Anderson war ein sehr enger Freund von Frank, ihrem Boss, und erhielt manchmal besondere Genehmigungen in Angelas Bürogebäude.

Sie erreichte die schwere Mahagoni-Türe und wickelte ihre dünnen Finger um den kalten Türgriff. Sie hielt einen Moment inne und fragte sich, was Anderson für sie geplant hatte und warum er sie mitten an ihrem Arbeitstag treffen wollte. Sie und Anderson waren sehr beschäftigt und es war schwierig genug für sie, sich nach der Arbeit zu sehen, ganz zu schweigen von mittags an einem Donnerstag.

Sie atmete ein und drückte die Tür auf. Auf der anderen Seite des Tisches saß Anderson. Er trug einen feinen, dunkelblauen Anzug mit einer grauen Krawatte. Angela war sich nicht sicher, ob er je so gut ausgesehen hatte, wie in diesem Moment. Seine Augen schienen in dem Licht zu schimmern, das durch die Fenster drang und ihm den Ausdruck verlieh, dass er etwas vorhatte.

„Hallo Angela", sagte Anderson. Seine Stimme hatte einen Ton, den er noch nie mit ihr verwendet hatte. Er war sexy und rau, dominant und fordernd.

„Hey Anderson", antwortete Angela und versuchte mit einem leichten und spielerischen Ton einen Kontrast zu seiner ernsthaften Stimme zu bilden.

„Setz dich", sagte er. Angela erkannte, dass es ein Befehl war, keine Bitte. Sie tat, was er gesagt hatte und setzte sich ihm gegenüber. Der Stuhl schien ihr klapprig und bewegte sich unter dem Gewicht ihres Körpers. Es machte sie ein wenig nervös, gegenüber von Anderson auf einem Stuhl zu sitzen, dem sie nicht trauen konnte. Sie stellte sich vor, wie sie mit ihm sprach und im nächsten Moment auf eine sehr unvorteilhafte Weise ausgestreckt am Boden lag.

„Weißt du, warum ich dich hierher gebracht habe?"

„Nein, eigentlich nicht."

„Ich möchte dir eine sehr ernste Frage stellen. Das sollte nicht auf die leichte Schulter genommen werden, Angela."

„Okay, worum geht es?", fragte Angela. Ihr Herz sank in ihren Bauch aber es schien zur gleichen Zeit mit Aufregung erfüllt zu sein. Die Frage konnte sehr gut oder sehr schlecht sein. Anderson gab mit seinem Gesichtsausdruck keinen Hinweis. Er war stoisch und starrte Angela direkt an. Sie fühlte, dass es in der Tat eine ernste Frage war.

„Möchtest du morgen Abend mit mir Abendessen gehen?", fragte Anderson. Auf seinem Gesicht machte sich augenblicklich ein breites Grinsen breit, da er wusste, dass er Angela hineingelegt hatte.

„Du Idiot! Ich habe mir Sorgen gemacht. Natürlich möchte ich mit dir Abendessen gehen. Ich denke an Hummer", sagte Angela. Ihre rauen Worte wurden durch das Kichern aus ihrem Hals erweicht. Sie liebte Andersons Sinn für Humor. Obwohl er ein Multi-Milliardär war, ließ er es sich nicht anmerken, er verhielt sich wie jeder andere Mann auf der Welt.

„Hummer finde ich gut. Das klingt ausgezeichnet. Ich werde dir dann Bescheid sagen, wohin wir gehen. Pat und ich werden dich um acht Uhr abholen. Mach dich bereit, ich hasse es zu warten", sagte Anderson. Die letzten zwei Sätze hatten erneut den gleichen dominanten Ton wie vorher.

Sie konnte es nicht leugnen, dass die Tatsache, dass Anderson die Kontrolle über sie übernahm, ihre köstlichen Säfte in Wallung brachte und ihr Höschen feucht werden ließ. Es hatte ihr immer schon gefallen, sich einem starken, mächtigen Mann zu unterwerfen und diese Beschreibung traf perfekt auf Anderson zu.

„Ja, Sir!", sagte Angela mit scherzendem Tonfall.

Als Antwort auf ihre Worte verdrehte Anderson seine Augen. Er ließ ein Seufzen aus, das sein starkes Verlangen, Angela zu haben, ausdrückte.

„Anscheinend mag er das", dachte Angela. Das musste sie sich merken.

Ohne Vorwarnung stand Anderson von seinem Stuhl auf. Während er sich aufrichtete stieß er den Stuhl weg, welcher mit einem lauten Knall auf die Wand hinter ihm prallte, der in dem ganzen Raum und möglicherweise auf der ganzen Etage zu hören war.

Er ging um den Tisch zu Angela. Er machte bedächtige, lange, starke Schritte, während er sich näherte. Als er nah genug an Angela war, damit sie jedes Detail auf den teuren Knöpfen des Anzugs erkennen konnte, blieb er abrupt stehen.

„Geh auf die Knie", sagte er. Genau wie vorher war es ein Befehl und keine Bitte.

Angela gehorchte und sank auf ihre Knie; sie war dankbar, dass sie von dicken Wänden umgeben waren, mit Ausnahme der Fenster, die auf der Rückwand waren. Sie konnte das Geräusch des Reißverschlusses hören, der nach unten gezogen wurde und nicht mehr die harte Latte seiner Erregung in sich halten musste.

Er ging einen Schritt näher und hielt seinen pulsierenden Schwanz in der Hand. Er griff in ihr langes, dickes, dunkles Haar und zog ihren Kopf näher zu seiner Männlichkeit. Sie schloss ihre weichen, wollüstigen Lippen um ihn und saugte sanft. Anscheinend war das nicht genug für Anderson. Er hielt sie fest, während er seine Hüften mit einer leichten, rhythmischen Bewegung wog, während er sie in den Mund fickte.

Angela liebte es, Andersons Schwanz oral zu nehmen. Sie wusste, dass sie dabei war, seine kleine Schlampe zu werden und sie liebte diese Tatsache. Er hatte eine versteckte Sexualität in ihr erweckt, deren Angela sich nicht bewusst gewesen war. Es war, als ob er in ihre Seele eingedrungen wäre und die Frau aufgeweckt hätte, die dort gewartet hatte.

Andersons langer, dicker Schwanz drang tief in ihren Hals ein und brachte sie dazu, leicht zu würgen. Nicht bis zu dem Punkt, sich übergeben zu müssen; es war nur ein leicht unangenehmes Gefühl. Anderson zog seine dicke Männlichkeit aus ihrem Mund und schlug ihre Wange leicht mit seinem Ständer.

„Das ist mein gutes Mädchen", gurrte er.

Ohne ihr die Möglichkeit zu geben zu antworten, brachte er sie erneut mit seinem Schwanz zum Schweigen. Angela ließ ihre Zunge entlang der Unterseite seines Schwanzes gleiten, während er ihn in ihren Mund stieß und wieder herauszog, nur um ihn wieder hineinzuhämmern.

Angela fühlte den heißen Strahl seines milchigen, weißen Saftes ohne Vorwarnung in ihrem Mund. Er fühlte sich dick an und hatte einen leicht salzigen Geschmack auf ihrer Zunge. Sie umspielte seinen Schwanz mit ihrer Zunge, genoss den Geschmack und die Konsistenz, bevor sie den Saft ihren Hals hinunter rinnen ließ. Sie sah Anderson an und lächelte.

„Gutes Mädchen. Mach dich wieder an die Arbeit, meine kleine Schlampe", sagte Anderson und streichelte ihre Wange sanft mit seiner Hand.

Angela stand auf und fühlte das Blut zurück in ihre Beine schie-
ßen. Sie blickte ihre Knie an und sah den Abdruck des Teppichs, der
rot wie Lippenstift auf ihnen zu sehen war. Sie wusste, dass jeder im
Büro genau wissen würde was sie im Konferenzraum gemacht hatte
und diese Tatsache machte sie noch mehr an. Sie küsste Andersons
Lippen und ging hinaus, ohne ein Wort zu sagen. Die schwere Türe
schloss sich mit einem hörbaren Aufschlag.

Sie ging zurück den Gang entlang und ließ ihre Hüften mit jedem
Schritt schwingen. Der kurze, freche Rock ihres royalblauen Kleides
wehte um ihre Schenkel. Der seidige Stoff fühlte sich wundervoll an,
als er ihre weiche Haut umspielte. Sie bemerkte, dass sie von ihren
Mitarbeitern angesehen wurde, aber sie kümmerte sich nicht darum.
Sie mochte Anderson wirklich und war stolz darauf, diejenige zu
sein, die ihn mit einem Mittags-Blowjob verwöhnte. Sie lächelte und
dachte an den Geschmack seines Saftes in ihrem Mund.

16

DAS SPIEL

Der Vibrator surrte in ihrer Muschi. Er hatte zwei Enden: eines war in ihrer engen Muschi und eines presste stark gegen ihren Kitzler. Mit jeder Vibration schwappten Wellen der Lust durch ihren ganzen Körper.

„Welche Richtung, Angela?", fragte Anderson.

„Rechts, fahr rechts!", rief sie.

Es war ein Spiel, das sie auf der Rückbank in Andersons neuem Rolls Royce spielten. Jedes Mal wenn sie eine Kreuzung erreichten, musste Angela raten, in welche Richtung sie fahren mussten, um das Restaurant zu erreichen. Es war Angelas Meinung nach kein faires Spiel, da ihr Anderson sicht gesagt hatte, in welches Restaurant sie gehen würden. Wenn sie richtig antwortete, belohnte er sie mit einer starken Vibration des Sex-Spielzeugs, das er mit seinem Handy kontrollierte. Wenn sie es nicht erraten konnte, verringerte er die Stärke zu einem schwachen Summen. Wenn sie zwei Mal hintereinander falsch lag, schaltete Anderson das Gerät vollständig aus und Angela musste um mehr betteln.

Anderson zog Angela mit seinen starken Armen auf seinen Schoss. Angela konnte die Form seiner Muskeln auf den Armen und seinem Bauch fühlen, während sie auf ihm saß. Natürlich hatte er bereits seinen dicken Schwanz aus der einengenden Hose gezogen. Angela konnte den heißen Lusttropfen auf ihrer Haut spüren. Sie war bereits triefend nass und ihre Muschi bettelte darum, Anderson in sich zu spüren.

„Angela, wir werden etwas zu unserem kleinen Spiel hinzufügen. Ich werde meinen Schwanz in deinen Arsch schieben. Du musst es schaffen, mich zum Kommen zu bringen, bis wir das Restaurant erreichen. Wenn du es nicht schaffst, werde ich die ganze Nacht mit dir spielen, aber dich nicht kommen lassen. Ich werde dich an den Rand der Ekstase bringen, meine Liebe, um dir den Genuss wieder zu entziehen."

Angelas Antwort war nur ein überraschtes Stöhnen, während sie spürte, wie die Spitze von Andersons Schwanz in ihren Arsch glitt. Er verschwendete keine Zeit damit, sie aufzuwärmen, bevor er in sie stieß. Angelas Stöckelschuhe gruben sich in den schwarzen Teppich, während sie sich auf Andersons Körper prallen ließ und versuchte, ihn zum Orgasmus zu bringen, bevor sie ankamen. Sie wollte die süße Befreiung eines Höhepunkts verspüren und von dem Strom des Glücks fortgetragen werden.

„Welche Richtung?!", rief Anderson.

„Geradeaus." Angela stöhnte. Das Gefühl des Vibrators gemischt mit der Empfindung seines dicken Schwanzes, der ihre Wände mit jedem Stoss weitete, hatte ihren Verstand komplett für sich beansprucht und zeitweise die Kontrolle über ihre kognitive Funktion übernommen.

Sie fühlte, wie sich der Vibrator zu einem leichten Summen verlangsamte, während das Auto links abbog. Sie wünschte, den Vibrator zurück zu der maximalen Leistung zu bringen, aber das wurde von Anderson kontrolliert. Sie unterlag seiner Gnade; sie war ihm vollkommen hörig. Der Vibrator rieb an ihrem Kitzler, gerade genug um sie zu reizen, aber nicht um ihr den intensiven Genuss zu schenken, nach dem sie sich sehnte.

Sie prallte fester und schneller auf Andersons Schwanz. Es war ein wenig schmerzhaft, aber das brachte sie nur dazu, es noch mehr zu genießen. Anderson stöhnte mit jedem Stoss von Angelas perfektem Arsch, aber er klang nicht, als wäre er einem Orgasmus nahe. Sie spannte ihre Muskeln um seinen Schwanz an, versuchte den Saft aus ihm zu ziehen. Sie fickte ihn, als wäre es das Geheimnis für ein ewiges Leben. In diesem Fall war es der Schlüssel für den Orgasmus, den sie so verzweifelt wollte. In ihren Gedanken hatte das irgendwie die gleiche Bedeutung.

Anderson strich ihre Haare von ihrem Hals weg. Er küsste ihn sanft, während er seine Hände auf ihre Schenkel legte und ihre rhythmischen Stöße stoppte.

„Es tut mir leid, Liebling. Du hast es nicht geschafft. Sieht so aus, als würdest du heute Nacht keinen Orgasmus bekommen. Vielleicht, wenn ich großzügig bin, können wir es auf dem Heimweg noch einmal versuchen. Wir werden sehen, ob du dir wirklich einen Orgasmus verdienst."

Angelas Herz sank. Sie fühlte, dass sie einen Orgasmus benötigte. Ihr Kitzler pulsierte und ihre Muschi sehnte sich schmerzhaft danach, von seinem pochenden Schwanz gefüllt zu werden. Sie wollte den Schaft unter der Spitze seiner Männlichkeit in sie gleiten spüren.

Sie hob ihren Arsch von Andersons Schoss und richtete ihr Höschen. Sie wollte den Vibrator herausnehmen, aber Anderson befahl ihr, ihn dort zu lassen. Er schaltete ihn erneut auf die höchste Stufe und brachte sie dazu, versehentlich zu stöhnen.

Pat kam um das Fahrzeug und öffnete die Türe. Sie sah Anderson flehend an.

„Steig aus dem Auto, Angela", sagte er streng.

Sie gehorchte und stand auf wackligen Beinen; auf eine Art, die man sich von einem neugeborenen Reh erwartet, anstatt von einer erwachsenen Frau. Sie machte langsame Schritte in Richtung Restaurant und fühlte bei jedem Schritt die Vibration auf ihrem Kitzler. Sie versuchte normal zu gehen und ihr schmutziges Geheimnis nicht zu offenbaren. Es war schwierig nicht zu stöhnen. Sie genoss die Vibrationen in sich, die Augen all der Gäste und den gutaussehenden Mann, der ihre Hand hielt und böse grinste. Sie gingen Arm in Arm unter das Vordach des teuren Steak-Houses.

17

ABENDESSEN UND NECKEREIEN

Als sich Angela auf den weichen Stuhl des Restaurants setzte, erschwerte es ihr der Vibrator, sich niederzulassen ohne zu stöhnen. Die Kombination aus Sitzen und der Bewegung und des Vibrators, der mit voller Kraft gegen ihren Kitzler surrte machte es fast unmöglich, keine Geräusche der Befriedigung loszulassen.

Während Angela damit kämpfte, sich zu beherrschen, saß Anderson nur gegenüber an dem Tisch und hatte ein zufriedenes Lächeln in seinem gutaussehenden Gesicht. Es war offensichtlich für Angela, dass er sich dabei vergnügte, ihr bei ihren Schwierigkeiten zuzusehen, während sie einen geheimen Genuss erlebte, von welchem nur sie beiden wussten.

Angela musste zugeben, dass es eine wirklich sehr erotische Situation war. Der Vibrator pochte gegen ihre Klitoris und sandte Wellen durch ihre gesamte Wirbelsäule. Sie musste mit dem Kellner sprechen, ohne zu stöhnen oder Laute von sich zu geben, die ihr Geheimnis verraten würden. Wenn man die Tatsache in Betracht zog, dass Anderson gegenüber von ihr saß und ihr Arsch immer noch von den Spielchen schmerzte, die sie vorher im Rolls Royce getrieben hatten, war es ein Wunder, dass Angela überhaupt in der Lage war zu sprechen.

Eine enorme Erregung kontrollierte ihren Körper. Jedes Gefühl, jede Öffnung, jede Pore ihres Körpers flehte darum, die erlösende Wonne eines Orgasmus zu erleben. Diese Entscheidung lag jedoch in Andersons Hand. Es gab nichts, das sie tun konnte, um ihn dazu zu bringen, sie kommen zu lassen. Die einzige Möglichkeit war es, das Spiel auf dem Rückweg zu ihrem Appartement zu gewinnen.

Anderson hatte begonnen in ihrer Beziehung dominanter zu werden und Angela liebte jeden Moment davon. Sie hatte immer schon den Fetisch gehabt, sich einem Mann zu unterwerfen, jedoch hatte sie dieses Bedürfnis noch nie ausgedrückt. Sie hatte es immer in ihrem Inneren vergraben, als wäre es eines ihrer vitalen Organe – sicher und geschützt vor den Augen der Welt.

Mit Anderson fühlte sie sich jedoch frei, ihm ihre eigenen Wünsche mitzuteilen. Es schien, dass sie ihre Wünsche nicht einmal verbal darlegen musste; er schien zu wissen, was sie wollte. Er hatte eine Macht über sie und es begann so auszusehen, als hätte auch sie eine gewisse Macht über ihn.

„Hey!", rief Angela, als sich die Vibration gegen ihren Kitzler auf die mittlere Stufe verringerte.

„Du hast mir keine Aufmerksamkeit geschenkt. Das bekommst du dafür", sagte Anderson. Seine Augen sahen aus, als wären sie aus Stahl geschmiedet, aber trotzdem irgendwie sanft.

„Entschuldige. Ich habe nur nachgedacht."

„Worüber?", fragte er.

„Maxine", log sie.

Anderson nickte. Sie konnte erkennen, dass er wusste, dass sie gelogen hatte, da seine Mundwinkel nach oben ging während sich sein Kopf nickend bewegte. Sie hasste es, ihn anzulügen, aber das war nicht der richtige Moment oder Ort, um ihm von ihren Wünschen zu erzählen.

Der Kellner kam zu ihrem Tisch, um die Bestellung der Getränke aufzunehmen. Angela war noch nie in einem Restaurant gewesen, in dem die Kellner schwarze Anzüge trugen, die makellose, weiße Hemden bedeckten. Anderson bestellte eine Flasche Wein, die Angela nicht kannte.

Das Licht der Kerze im Zentrum des Tisches flackerte in Andersons Augen und brachte sie zum Glänzen. Bei jedem Aufblitzen konnte sie die spielerische Glut in seinen Augen erkennen. Angela stellte fest, dass etwas in Andersons Kopf vor sich ging. Er dachte an etwas, aber sein Gesichtsausdruck gab keinen Hinweis darauf, was er im Sinn hatte. Er hatte einen angenehmen, entspannten Ausdruck. Seine Lippen bildeten ein Lächeln, das er versuchte zu verbergen und seine Augenwinkel hatten leichte Fältchen.

Das Pulsieren in ihrer nassen Muschi schoss von einer niedrigen und sanften Ebene zu einer starken Vibration, die ihre Muskeln augenblicklich dazu brachte sich zusammenzuziehen. Angela konnte ein leises Stöhnen, das ihren Lippen entwischte nicht zurückhalten.

Der Kellner kam mit der Flasche Wein zu ihrem Tisch zurück. Die Flasche schien in dem gedämpften Licht des Restaurants schwarz zu sein. Die dunkle Flasche wurde von einem dunkelgrünen Etikett geteilt, das von kursiven Wörtern in goldener Schrift betont wurde. Die Wörter schimmerten im Flackern des Kerzenlichts.

Der Kellner gab die Flasche in einen Metallkübel voller Eis und rollte sie zwischen seinen Handflächen vor und zurück, dabei klirrte das Eis gegen die Flasche und den Metallkübel. Während der ganzen Zeit, als der Kellner neben ihrem Tisch stand, spielte Anderson mit der Steuerung. Er hatte eine wellenartige Funktion eingestellt. Die Intensität stieg langsam an, bis sie auf der höchsten Stufe war. Dann blieb sie eine Weile auf dieser Ebene und begann danach wieder zu sinken. Sie blieb mit dem Wunsch zurück, dass das Gefühl auf ihrem Kitzler weiterging.

Nachdem der Kellner ihren Tisch verlassen hatte, griff Anderson nach der Flasche und zog sie aus dem Kübel. Eis lief die gläserne Oberfläche der Flasche hinunter und erzeugte ein klirrendes Geräusch, das den leer gewordenen Raum einnahm.

Er hob die Flasche und schenkte sich ein Glas ein. Er bat Angela, ihr Glas zu heben, damit er den süßen Wein in ihr Glas gießen konnte. Mit der Vibration, die in ihrem Körper bebte war sie nicht in der Lage, das Glas still zu halten. Stattdessen zitterte ihre Hand unkontrollierbar. Der Aufprall des Glases gegen die Flasche erzeugte ein deutlich hörbares Geräusch. Anderson hatte ein bösartiges Lächeln; er wusste genau welche Wirkung er auf Angela hatte.

18

WIEDERGUTMACHUNG

Als Pat die Tür des Rolls Royce geschlossen hatte, hob Angela sofort ihren Rock und zog ihr Seidenhöschen hinunter. Sie konnte sehen, dass Anderson seine Erektion seit der vorherigen Autofahrt nicht verloren hatte. Es konnte die Kontrolle gewesen sein, die er über ihren Köper und ihren Geist gehabt hatte oder die Vorfreude auf die Fahrt nach Hause. Angela war sich nicht sicher, was dazu geführt hatte, aber ehrlich gesagt war es ihr egal. Sie hatte den ganzen Abend daran gedacht, sofort auf seinen Schwanz zu gleiten, sobald sie wieder im Auto waren.

Nun wo ihr Höschen am Boden des Autos lag, konzentrierte sie ihre Aufmerksamkeit auf Anderson. Sie öffnete langsam sämtliche Verschlüsse seiner Hose. Der Stoff fühlte sich weich und teuer an, während sie mit ihren Händen darüber strich. Sie hakte ihre Finger unter den Bund ein und zog die Hose hinunter, bis auch sie wie ein zerknitterter Haufen am Boden des Autos lag.

Ihr Mund umfasste sofort die Spitze seines dicken Schwanzes. Sie schob ihren Kopf nach unten, bis ihre Nase die Haut berührte, die sein Schambein bedeckte und saugte fest an ihm, als würde sie versuchen, seinen Saft mit dem Mund aus ihm zu ziehen. Sie hatte einen schnellen, lockeren Rhythmus während sie blies und konzentrierte sich abwechselnd auf die Eichel und die Basis. Zuerst leckte sie die Spitze seines Schwanzes, dann schob sie ihren Kopf nach unten zu dem Ansatz und nahm ihn in ihren Mund, bis die ganze Länge seines Schwanzes zwischen ihren Lippen und die Spitze tief in ihrem Hals war.

Anderson vergrub seine Finger in Angelas dunklem Haar. Sie konnte seinen festen Griff spüren, der sie an den Haaren zog und ein leicht schmerzhaftes Gefühl durch ihre Nerven schickte. Der Schmerz machte sie nur noch geiler. Anderson schob ihren Kopf nach unten und hob ihn zurück nach oben, damit ihre Lippen seine Spitze umschlossen.

Ohne Vorwarnung stand Angela vom Teppich auf. Ihre Knie fanden das Leder des Sitzes, während sie auf Andersons Schoss kletterte. Sie schlang ihre Arme um seinen Hals und küsste ihn leidenschaftlich, während sie seinen Schwanz mit ihrer Muschi reizte. Ihre Finger fuhren seinen Muskeln nach und wanderten seinen Oberkörper hinunter zum Bauch. Als ihre Hand seine Erektion fand, wickelte sie ihre Finger um seine Latte und rieb die Spitze an ihrer nassen Ritze entlang.

Anderson sah sie mit flehenden Augen an. Es war als ob sie die Rollen getauscht hätten. Er war jetzt derjenige, der um einen Orgasmus bettelte. Als Angela das Gefühl hatte, dass sie beide genug gereizt wurden, hielt sie seinen Schwanz still und schob sich kraftvoll auf ihn. Das Stöhnen der beiden ertönte im Gleichklang. Anderson stellte den Vibrator auf die mittlere Stufe und ließ ihn in ihr.

Angela hielt sich an Andersons Schultern fest, während sie sich auf seiner steifen Erektion hob und senkte. Sie fühlte, wie er die Wände ihrer Muschi dehnte und den Gebärmutterhals bei jeder Bewegung berührte. Sie spannte ihre Beckenmuskeln an und hörte, wie ihm ein lautes Stöhnen über die Lippen kam. Gleichzeitig küsste sie ihn und unterdrückte seine Geräusche.

Sie mochte es die Kontrolle zu haben, ihre Macht hielt jedoch nicht lange an. Anderson hob ihren Körper auf und legte sie auf den Sitz neben sich.

„Leg dich hin", befahl er.

Angela tat, was er ihr sagte. Sie legte sich auf das kalte Leder des Sitzes und spreizte ihre Beine weit mit dem Vibrator, der in ihrer Muschi steckte und ihren Kitzler fest umschloss. Anderson verlor keine Zeit und schob sich in das triefend nasse Loch.

„Du warst während des Abendessens ein sehr gutes Mädchen, deshalb werde ich die Regeln ein wenig ändern. Ich werde dich kommen lassen."

Dann begann er Angela zu ficken, wie sie noch nie zuvor gefickt wurde. Es fühlte sich an, als hätte er einen tief sitzenden Hunger, der nicht befriedigt werden konnte bis er seinen Samen in sie schoss. Seine Hände fühlten sich heiß auf ihrer Haut an, während er ihre Schenkel auf seine Brust drückte, um sie noch mehr zu öffnen.

Angela begann, das vertraute Gefühl des Orgasmus zu fühlen, der sich in ihr näherte. Es fühlte sich wie eine warme Welle an, die von ihren Zehen ausging, durch alle Nerven floss und sich wie ein Feuer ausbreitete. Sie fühlte, dass sie nicht in der Lage sein würde, den Orgasmus zurückzuhalten, den sie seit Stunden in ihrem Körper aufgebaut hatte. Sie sehnte sich danach, zu spüren wie der Orgasmus ihren Geist und ihren Körper kontrollierte, als würde sie für einige Momente auf einer Wolke der Lust schweben.

Anderson verpasste ihr ein paar weitere starke, kräftige Stöße, die ausreichten, um Angela in die Spirale der Besinnungslosigkeit des intensivsten Orgasmus zu versetzen, den sie in ihrem ganzen Leben verspürt hatten. Der Höhepunkt nahm sie völlig mit, erlaubte ihr nicht, zu denken oder sich auf irgendetwas außer den Wellen des Genusses zu konzentrieren, die durch ihren Körper schwappten.

Scheinbar war es für Anderson ausreichend, Angela über die Schwelle zu bringen, um ebenfalls zu kommen. Angela fühlte wie der heiße Saft ihr Loch füllte. Andersons Augen verdrehten sich und brachten zum Ausdruck, dass er die gleichen Empfindungen verspürte, die Angela vor kurzem gefühlt hatte. Sie nahm wahr wie seine Schenkel an ihren zitterten.

Anderson lehnte sich nach unten und küsste Angela leicht. Er lachte und küsste sie erneut. Sie spürte seine Hand ihren Körper nach oben wandern, wobei er ihre Haut kitzelte. Anderson fuhr mit

den Fingern durch Angelas seidiges Haar. Sie hatte geschlossene
Augen während sie das sanfte Gefühl genoss. Sie war glücklicher und
zufriedener als je zuvor. Sogar mit Mark hatte immer etwas gefehlt.
Sie konnte es nie wirklich feststellen woran es lag, aber es war
eindeutig, dass etwas fehlte.

Mit Anderson vermisste sie nie etwas. Ihr Sex war unglaublich, er
behandelte sie im normalen Leben wie eine Lady und unter der Bett-
decke wie seine persönliche Schlampe. Er war sehr nett und großzügig mit ihr. Er behandelte sie, als wäre sie die einzige Frau auf der
Welt.

19

FRAUENGESPRÄCHE

Angela setzte sich auf die Couch. Der samtige Stoff fühlte sich angenehm auf dem Teil ihrer Beine an, der nicht von der Jeans-Shorts bedeckt war. Maxine streckte ihren Arm aus und bot Angela die Schüssel Popcorn an. Sie griff danach und nahm eine Handvoll fluffigre aufgeplatzter Kerne, die mit Butter bestrichen waren. Während sie sie aß, schmolzen sie mit einer leicht salzigen Note auf ihrer Zunge.

Im Fernseher lief ein Film über eine Frau, die gegen ihren Willen in ein Irrenhaus gelockt worden war. Er lief in einem dieser Entertainment-Kanäle für Frauen. Die jungen Frauen schenkten dem Melodrama jedoch nur einen Teil ihrer Aufmerksamkeit. Das Thema ihrer Konversation war, was Angela für Anderson und Mark empfand.

„Ich weiß es nicht, Maxine. Beide sind wirklich tolle Männer."

„Mit der Ausnahme, dass einer dein Ex ist. Ex-Freunde sind aus einem Grund Ex-Freunde, Angela."

„Ich weiß, aber er es fühlt sich mit ihm jetzt anders an."

„Ist er wirklich anders, oder willst du nur, dass er diesmal anders ist?"

Angela hatte keine Antwort. Sie war erstaunt darüber, was ihre

Freundin vielleicht offenbart hatte. Es war als hätte Maxine einen Teil von Angelas Verstand erwischt, von dem sie nicht wusste, dass dieser existierte. Ihre Worte trafen sie direkt in ihrer Seele.

„Ich wünschte, ich hätte eine Antwort, Maxine. Das tue ich wirklich."

„Ich glaube, dass du es weißt. Ich denke, dass du es dir nur nicht eingestehen willst. Ich glaube, dass du weißt, dass du aufhören musst, Mark zu sehen. Du hast wirklich eine tolle Sache mit Anderson laufen. Warum wirfst du nicht das Alte weg, um das Neue zu begrüßen? Ich weiß, dass es das ist, was dich davon abhält, dich vollkommen mit ihm zu binden."

„Ich weiß es nicht, Maxine. Ich mag Anderson wirklich, aber ich kann das Gefühl nicht abschütteln, dass vielleicht noch etwas mit Mark entstehen kann."

„Das ist deine Entscheidung; ich kann sie nicht für dich treffen", sagte Maxine ruhig. „Gib mir das Popcorn, bitte."

Angela schob die Schüssel näher zu Maxine. Sie musste zugeben, dass sie die Schüssel Popcorn umklammert hatte, als würde sie Popcorn horten. Maxine war ihre beste Freundin und sie wusste, dass sie sich nur um Angela sorgte. Trotzdem hatte sie irgendwie das Gefüuhl, sie wollte Angela dazu treiben, eine Entscheidung zu treffen. Sie war sich jedoch nicht sicher, ob sie diese treffen wollte.

Sie konnte es nicht leugnen, dass das was Maxine sagte mindestens teilweise wahr war. Es konnte absolut möglich sein, dass Mark sie wirklich davon abhielt, sich ganz mit Anderson zu binden. Sie hielt sich nicht sexuell zurück, aber sie musste zugeben, dass sie sich in der Tat auf emotionaler Ebene nicht ganz hingegeben hatte. Sie wollte Anderson auf jede mögliche Weise haben und sie war sich ziemlich sicher, dass er das Gleiche für sie empfand.

Angela vertraute Maxine manchmal mehr als sich selbst, aber es war schwierig ihr in Bezug darauf zu vertrauen, ob sie Mark aufgeben sollte oder nicht. Mark war nicht der schlechteste Freund gewesen aber er war definitiv auch nicht der beste. Natürlich hatte sie starke Gefühle für Anderson, aber sie empfand immer noch etwas für Mark.

Es war ihr zweifellos klar, dass sie eine Entscheidung treffen musste darüber, welchen Mann sie wählen würde und sie musste es bald tun. Es war nicht fair, beide Männer in der Luft zappeln zu lassen, so wie es im Moment der Fall war. Sie hatte Mark in ihrem Herzen und auch Anderson war dabei, sich schnell einen Weg in ihr Herz und ihren Verstand zu bahnen.

„Wie fühlst du dich?", fragte Angela Maxine.

„Es geht mir wirklich viel besser. Ich bin immer noch nicht ganz gesund, aber die Ärzte sagen, dass ich mich nicht sorgen muss und dass ich auf dem Weg zur vollständigen Genesung bin."

„Das ist gut! Ich freue mich, das zu hören."

„Nun, ich auch, aber ich kann das Gefühl nicht abschütteln, dass sie mich entweder anlügen, oder dass sie falsch liegen."

„Warum?"

„Ich bin mir nicht sicher, Angela. Ich habe das Gefühl, dass die Krankheit in mir schläft, als wäre sie nicht wirklich weg."

„Ich bin mir sicher, dass du bald gesund sein wirst."

„Ich hoffe es Angela, das tue ich wirklich", sagte Maxine und Tränen stiegen in ihren Augen auf.

Angelas Herz fühlte sich an, als wäre es in einer riesigen Zange. Sie konnte erkennen, wie beunruhigt Maxine über die mögliche Rückkehr ihrer Krankheit war. Ihre Besorgnis rief Besorgnis in Angela hervor. Sie frage sich was passieren würde, wenn Maxine wieder krank werden würde. Sie war sich nicht sicher, ob sie noch einmal damit umgehen konnte. Sie war so besorgt um ihre Freundin gewesen, als sie krank war und sie wusste, dass es noch schlimmer sein würde, wenn sie wieder krank werden würde.

Sie versuchte, die Besorgnis aus ihrem Verstand zu vertreiben und die Zeit mit Maxine zu genießen. Sie waren nicht oft in der Lage, einen Mädchenabend vor dem Fernseher zu verbringen und ungesund zu essen. Sie waren beide sehr beschäftigt und es war manchmal schwierig, Zeit füreinander zu finden. Sie versprach sich dann und dort, dass sie mehr Zeit mit Maxine verbringen würde, sobald sie eine Entscheidung über die Männer in ihrem Leben getroffen hatte.

„Nun, ich muss jetzt los", sagte Maxine.

„Oh, jetzt schon? Komm schon, bleib noch ein bisschen."

„Ich kann wirklich nicht. Ich muss nach Hause fahren und das Abendessen kochen."

„Oh, in Ordnung. Lass mich nur alleine in meinem Elend."

„Welches Elend? Du scheinst ziemlich glücklich zu sein."

„Ich fühle mich elend, weil ich chinesisch essen will, aber ich mag die Restaurants mit Lieferservice nicht. Mein Appartement zu verlassen ist absolut ausgeschlossen. Die Couch hat mich als einen Teil von sich angenommen und ich kann gerade jetzt ihr Vertrauen nicht missbrauchen."

Maxine warf ein Kissen auf Angela. Sie standen beide von der Couch auf und gingen zur Türe. Sie drückten sich innig. Es war mehr als eine normale Umarmung. Es schien, dass die Freundinnen sich so festhielten, als wäre es das Einzige, das sie am Leben erhalten könnte. Angela küsste ihre Freundin auf die Wange und sagte ihr, dass sie sie lieb hatte. Maxine nahm Angelas Hand, drückte sie sanft und ging durch die Türe hinaus.

20

PLÄNE

Angela hörte die vertraute Upbeat-Musik, die aus der Schublade ihres Schreibtisches drang. Sie zog sie auf und holte ihr Handy heraus. Sie lächelte, als sie erkannte, dass es Anderson war, der sie anrief.

„Hallo?"

„Hallo Schönheit. Was macht du gerade?"

„Ich arbeite. Was machst du, fliegst du um die Welt?"

„Nein, nein, nein", Anderson lachte, „natürlich fliege ich nirgendwohin. Ich sitze in meinem Büro, bin unter Papierstapeln vergraben und denke an diese fantastische, schöne, sexy Frau, mit der ich ausgehe."

„Wer ist sie? Ich werde gegen sie kämpfen", sagte Angela. Sie machte das Spielchen mit; sie wusste, dass Anderson von ihr sprach.

„Wow, du Löwin. Ich meinte dich", Anderson lachte. „Der Grund aus dem ich dich angerufen habe ist dieser: Was machst du morgen?"

„Ich muss arbeiten."

„Nicht mehr. Ich habe bereits mit Frank gesprochen und er wird dir morgen bezahlten Urlaub geben. Er ist wirklich von dir beeindruckt, Angela."

„Er hat mir Urlaub gegeben? Warum?"

„Weil ich ihn darum gebeten habe."

„Und was haben wir vor?"

„Ich dachte wir könnten ein Mal ein Date haben, in dem wir unsere Kleidung anbehalten. Ich werde dich um neun Uhr in der Früh abholen und der Rest des Tages ist eine Überraschung."

„Das klingt gut. Ich weiß jedoch nicht, ob ich in der Lage sein werde, meine Hände von dir zu lassen."

„Wir können nach dem Date die verlorene Zeit aufholen."

„Das stimmt. Oh, Anderson, ich muss gehen. Mein Telefon klingelt und ich muss wirklich abheben."

„Deshalb ist Frank so begeistert! Ich verstehe, Puppe. Wir sehen uns morgen."

Anderson legte auf und Angela nahm den anderen Anruf entgegen. Es war ein langweiliges Geschäftstelefonat. Ein Kunde wollte sie fragen, ob sie sein Fax eines belanglosen Dokuments erhalten hatte, das sie nicht wirklich benötigten.

Als sie das Telefon aufgelegt hatte, begannen ihre Gedanken sofort um das Gespräch mit Anderson zu kreisen und sie in winzige Teilchen zu zergliedern. Sie war sich sicher, dass Anderson etwas vorhatte und dass es etwas sein würde, das in ihrer Erinnerung bleiben würde. Er hatte gesagt, dass er ein Date mit ihr haben wollte, bei dem sie ihre Kleidung anbehielten.

Auch sie hatte den Wunsch gehabt, Anderson auf eine tiefere Ebene kennenzulernen und sie glaubte, dass er das Gleiche empfand. Sie hatte Andersons Körper besser als seinen Geist kennengelernt und sie wollte wirklich mehr über ihn wissen. Was auch immer Anderson sich für sie ausgedacht hatte, sie wusste, dass es ihr gefallen würde. Er war immerhin ein Milliardär.

Der Rest des Tages zog sich ein wenig; ihre Aufmerksamkeit war von Anderson und seinen Plänen für den nächsten Tag eingenommen. Jedes Mal wenn Sie ein Dokument per Fax schickte oder das Telefon abhob, machte sie es nur mit der Hälfte ihrer Gedanken. Natürlich hatte sie ein paar Fehler gemacht aber niemand würde es bemerken. Sie korrigierte ihre Fehlgriffe schnell. Der Rest ihres Seins wanderte zu dem, was der nächste Tag bringen würde.

Sie stellte sich vor, dass sie in eine andere Stadt reisten. Sie konnte schon fast die salzige Luft riechen, die gegen ihre Haut und durch ihr Haar wehte. Das Restaurant würde einen dickbäuchigen Sänger haben, der sanfte Musik in italienischer Sprache vortrug.

Natürlich war das nur ihr Traum. Sie wusste dass das, was Anderson geplant hatte vielleicht nicht so aufwändig wie in ihrer Vorstellung sein würde, aber sie lag vielleicht nicht so weit davon entfernt. Sie wusste, dass der folgende Tag voller Spaß und Aufregung sein würde.

Später an diesem Abend kletterte Angela in ihr Bett. Die Schaummatratze umgab ihren Körper und sie fühlte sich geborgen. Ihre dunkelblauen Satin-Laken fühlten sich luxuriös auf ihrer gebräunten Haut an. Ihr Kissen trug nur weiter zu ihrem Komfort bei. Sie war sich nicht sicher, ob sie sich je in ihrem ganzen Leben so wohlgefühlt hatte. Als sie sich noch tiefer in ihrem Nest aus Laken und Decken vergrub, dachte sie, dass es nur eine Sache gab, die sie brauchte um es noch gemütlicher zu haben.

Sie wollte Anderson in ihrem Bett. Sie wollte seine starken Arme spüren, die sich fest um ihren Oberkörper schlangen. Sie wollte ihn nicht unbedingt auf eine sexuelle Weise (nicht dass sie das verschmähen würde), sie sehnte sich jedoch danach, ihn neben sich zu fühlen. Sie wollte Anderson auf jede mögliche Weise. Sie wollte, dass er die Kontrolle über ihren Körper und ihren Geist übernahm. Sie wollte, dass er alles von ihr nahm und sie vollkommen sprachlos zurückließ.

Sie fragte sich, ob auch Anderson an sie dachte. Sie wünschte sich wirklich in der Lage zu sein, mehr Zeit miteinander zu verbringen, aber sie wusste, dass das im Moment einfach nicht möglich war. Anderson hatte ein geschäftiges Leben mit seinem Unternehmen und Angela war gerade dabei, neu loszustarten.

Natürlich würde ihre Zeit noch ein wenig knapper sein, da es Maxine wieder nicht so gut ging. Die Art wie Maxine letztens mit ihr gesprochen hatte, hatte sie wirklich in Besorgnis versetzt. Sie hoffte, dass ihr nichts Schlimmes passieren würde, aber trotzdem war

Angela beunruhigt darüber, dass ihre Freundin vielleicht recht hatte. Das jagte ihr Angst ein.

Angela bewegte ihren Kopf auf dem Polster. Sie fand die richtige Stelle, an der ihr Kopf im passenden Winkel und perfekt mit ihrem Körper ausgerichtet war. In diesem Moment fiel ihr gesamter Stress von ihr ab und ihre Sorgen schmolzen dahin. Sie war sorgenfrei und verspürte nichts als selige Zufriedenheit.

Angelas letzter Gedanke als sie einschlief war von Anderson, der einen Blumenstrauß in der Hand hielt. Sie driftete in einen tiefen, entspannenden Schlaf ohne eine einzige Sorge.

21

ZIEL: UNBEKANNT

Am nächsten Morgen wurde Angela von der Sonne geweckt. Sie zog die Decke enger um ihren Körper und versuchte, noch einige Minuten Schlaf zu bekommen. Ihr Verstand hatte jedoch andere Pläne für sie und brachte sie mit Gedanken darüber, was dieser Tag für sie bereithalten würde, schnell in Schwung. Sie wusste dass dieser Tag großartig und aufregend werden würde, aber sie wäre wirklich glücklich darüber, den Tag mit Anderson fern vom geschäftigen Treiben der Stadt zu verbringen.

Nachdem sie eine Stunde lang um ein wenig Schlaf gekämpft hatte, gab es Angela auf. Sie zog ihre Hülle aus Decken und Seidenlaken von sich und fühlte, wie die kalte Morgenluft ihre Haut umgab. Sie rieb sich schläfrig die Augen und streckte ihre Arme über den Kopf.

Nach der Dusche ging Angela zu ihrem Schrank. Sie sah sich die Kleiderstapel an, die für ihren Standard teuer waren, während es für Anderson Armengewand war. Sie wusste, dass es Anderson nicht wirklich interessieren würde was sie trug, doch sie wollte trotzdem gut aussehen.

Sie wählte Jeans-Shorts, die einen dreieckigen weißen Ausschnitt hatten, der zur Mitte ihrer Schenkel führte. Sie hatte sich immer niedlich und kokett damit gefühlt. Sie versuchte nicht, in dem Outfit zu sexy zu sein; sie wollte wirklich, dass das ein Tag werden würde, auf den sie und Anderson zurückblicken konnten und an dem sie Erinnerungen für die Zukunft sammeln würden.

Ihre Füße schlüpften in das weiche Kunstleder der Riemchensandalen mit kleinen, zierlichen, weißen Perlen, die auf die Riemen genäht waren, welche um ihre Fußknöchel und hinunter zur Mitte ihres Fußes bis hin zu dem Leder an ihren Zehen reichten. Natürlich hatte sie sich vor einigen Tagen eine Pediküre machen lassen, dadurch fühlten sich ihre Füße glatt und weich an; ihre Zehen waren strahlend blau lackiert.

Sie ging den Gang ihres Appartements entlang. Ihre Schritte wurden durch den weichen, luxuriösen Teppich gedämpft, der die harte Oberfläche darunter bedeckte, bis ihre Füße die harten, beigen Fliesen der Küche erreichten. Sie ging hinüber zur Speisekammer und nahm das Toastbrot. Sie gab zwei Scheiben davon in den Toaster und drückte den Plastikhebel hinunter.

Während sie darauf wartete, dass ihr Frühstück aus dem kleinen Metalltoaster schoss, setzte sie sich auf den Tresen. Sie ließ ihre frisch geharzten Beine, die gebräunt waren und aussahen, als hätte sie ein paar Tage auf einer Insel verbracht, gegen die Schränke unter ihr baumeln. Sie schaffte es nicht, nicht an Mark und Anderson zu denken.

Mark hatte ihr letzte Woche nur ein Mal geschrieben und Anderson hatte sie jeden Tag ein paar Mal angerufen und zum Abendessen ausgeführt, und nun brachte er sie an einen mysteriösen Ort. Sie hatte immer noch Gefühle für Mark, das musste sie zugeben, aber sie bemerkte, dass Anderson schnell damit voranschritt, ihre Empfindungen, ihre Aufmerksamkeit und ihre Zeit zu dominieren. Was sie dabei am meisten erschreckte war, dass das für sie absolut in Ordnung war.

Das Geräusch des Toasts, der aus dem Toaster schoss, erwischte sie unvorbereitet und ließ sie leicht aufspringen. Sie hüpfte von dem Tresen, auf dem sie gesessen war und ging zum Toaster. Die Scheiben fühlten sich sehr heiß auf ihren dünnen, frisch manikürten

Fingern an, als sie sie auf den Tresen legte. Sie öffnete den Kühlschrank, der neben dem Tresen war, und holte Butter und Marmelade heraus.

Während sie ihr Frühstück aß wurde sie immer nervöser. Sie konnte sich nicht helfen und fragte sich stets, was Anderson für sie geplant hatte.

„Bin ich falsch angezogen? Wird er mich an einen schönen Ort bringen, werden wir einen großartigen Tag miteinander verbringen und wird er mir dann sagen, dass er nicht mehr an mir interessiert nicht? Werden wir in den Nachbarstaat fahren und die Berge sehen, oder wird er mich an den Strand bringen? Vielleicht fahren wir in eine andere Stadt", dachte Angela, als die Fragen nacheinander durch ihren Kopf schossen.

Dann erreichte sie einen Punkt an dem sie beschloss, dass sie einfach ihre Gedanken ausschalten würde und sich auf das freuen würde, was der Tag mit sich brachte. Wenn sie Anderson kannte, was sie tat, dann wusste sie er würde sicherstellen, dass sie einen großartigen Tag voller Spaß und Gelächter haben würden.

Sie hörte Pat außerhalb ihres Appartements ankommen. Sie wusste dass er in wenigen Sekunden zu ihrer Türe kommen würde und dass sie sein leises Klopfen vernehmen würde. Sein Klopfen war immer locker und leise in einer Art rhythmischer Melodie.

Das Klopfen kam genau wie es Angela erwartet hatte. Es schien, dass Pat immer in Eile war, aber er wirkte nicht so. Er war immer locker und freundlich mit einer ruhigen Präsenz. Sein Klopfen war freundlich, er nahm sich die Zeit, um Angela ins Auto zu helfen und er war stets extrem vorsichtig wenn er fuhr. Er hatte jedoch definitiv einen dichten Zeitplan. Er kam immer genau im richtigen Moment an. Wenn er um neun Uhr am Morgen kommen sollte, würde er um 8.59 Uhr da sein, jedes Mal.

Angela fädelte ihren Arm durch den Kunstlederriemen ihrer Tasche und fühlte das Gewicht auf ihrer Schulter. Sie ging in die Ecke ihres Wohnzimmers und betrachtete sich ein letztes Mal in den bodenlangen Spiegeln, die auf der Wand hinter ihrem Esstisch waren.

Es gefiel ihr sehr, was sie im Spiegel sah. Ihr dunkles Haar fiel in perfekten, leichten Wellen um ihre Schultern. Es sah so aus als hätte sie sehr wenig Zeit für ihr Haar aufgewendet; es sah voll und fließend aus. Ihr Schlüsselbein stand über dem korallfarbenen Tank-Top hervor und gab einen Hinweis auf ihre Sexualität. Ihre schlanke Figur sah wirklich toll in dem Outfit aus. Die Shorts lagen auf ihren schlanken Hüften und betonten ihren Körper, der die Form einer Sanduhr hatte. Ihre Beine waren bis hinunter zu den einfachen Sandalen gebräunt.

Sie hoffte wirklich, dass sie passend angezogen war, egal wohin Anderson sie brachte. Sie konnten wohin fahren, wo es kälter war oder an einen Ort mit höheren Temperaturen. Sie hatte sich mit der Hoffnung angezogen, dass sie an einen warmen Ort fahren würden und nicht zu den Bergen. Sicherlich waren die Berge schön, aber Angela sehnte sich nach Sonnenstrahlen, die ihre Haut wärmten.

Sie beschloss, genug Zeit damit verbracht zu haben, sich im Spiegel anzusehen. Sie drehte sich um und ging zur Türe, auf die Pat vor einigen Minuten geklopft hatte. Sie betätigte den Lichtschalter und öffnete die Türe.

„Hallo Pat. "

„Hallo, Miss Angela. Sind Sie bereit zu gehen?"

„Ja, das bin ich. Hey, Pat, können Sie mir sagen, wohin wir fahren?"

„Nein das kann ich nicht. Mr. Anderson hat mir ausdrücklich gesagt, keine Information über den Tag preiszugeben. Ich werde Ihnen jedoch sagen, dass Sie eine tolle Zeit haben werden."

„Verdammt. Okay. Lassen Sie uns fahren."

Angela ging nach draußen und zog die Türe hinter sich zu. Sie sperrte zu und nahm bereitwillig Pats wartende Hand.

22

FÜR EINEN TAG WEG

Die warme Brise wehte durch ihr Haar. Sie konnte das Salz des Meeres riechen, als sie einatmete. Das Geräusch der Wellen, die gegen den Sand brachen mischte sich mit dem Lachen der Kinder und der Live-Band, die ein lebhaftes spanisches Lied spielte. Der heiße Sand fühlte sich wundervoll unter ihren Füßen an, als sie ihre Zehen vergrub und entspannte. Sie hob ihren Margarita und nahm einen Schluck, schmeckte den süßen alkoholischen Drink, der ihren Mund füllte. Sie sah hinaus auf das Wasser und sah, wie Anderson es genoss. Jeder Muskel war angespannt, jeder Sonnenstrahl glänzte auf seiner gebräunten Haut.

Der blaue Bikini sah toll auf ihrem Körper aus. Als sie am Strand angekommen waren, hatte Anderson sie sofort in ein Bikini-Geschäft gebracht, das Angela sich nie leisten hätte können. Das Geschäft roch nach Kokosnuss und sie war sich sicher, dass alle Angestellten Models waren.

Sie hatte mehrere Bikinis probiert und jeden Anderson gezeigt. Jeder anprobierte Bikini war teurer als der letzte. Natürlich war Geld absolut kein Problem für Anderson. Sie wählten schließlich einen Bikini, der blaue Bänder auf beigen Cups hatte. Das Unterteil passte zu dem Oberteil, aber die Seiten hatten Schlitze von oben nach unten. Dieser Bikini strahle Sexualität aus.

Anderson kam aus dem Meer und das Wasser tropfte an ihm herunter. Er fuhr mit seiner Hand auf verführerische Weise durch sein Haar, während er zu Angela ging. Er sagte kein Wort als er ihren Stuhl erreichte, er beugte sich nur nach unten und hob sie hoch.

Angela kreischte spielerisch und sagte ihm, er solle sie herunterlassen, da Anderson sie zu dem Wasser trug. Das Wasser war kristallklar unter ihr, als sie die Uferlinie erreichten. Als Anderson in den Bereich ging, der ungefähr hüfthoch war, blieb er plötzlich stehen. Das Wasser war eiskalt, als Anderson sie ins Meer fallen ließ. Sie hielt den Atem an, da sie vollständig eintauchte.

Als sie wieder auf die Füße kam, fühlte sich ihr Haar nass an und hing strähnig ihren Rücken hinunter. Anderson sah sie an und begann loszulachen. Sein Lächeln strahlte bis zu seinen Augen und er sah sehr glücklich aus.

„Du Idiot!", rief Angela. Als sie mit den Fingern durch ihr Haar fuhr, konnte sie das Salz des Meerwassers spüren.

Anderson sagte nichts, er hob Angela nur auf und zog sie an seinen Körper. Sie schlang ihre Beine um seine Hüften und ihre Arme hielten sich an seinem Hals fest. Sie küsste seine Lippen sanft während sie beide lachten. Es war wirklich ein großartiges Gefühl gegen den Mann gepresst zu sein, der ihr Herz eroberte, während die Sonne ihre Haut wärmte. Sie war sich nicht sicher, ob sie sich je so glücklich gefühlt hatte wie in diesem Moment. Es war als wäre alles in ihrem Leben absolut perfekt.

Anderson begann, tiefer in den Ozean zu gehen. Der Griff um ihre Hüfte wurde fester, als sie versuchte ihm zu entfliehen. Sie lachte und er grinste. Beide wussten, was nun kommen würde. Andersons Beine trieben unter ihm weg, als er auf den Boden des Meeres sank und beide in ihre Lust eintauchten.

Später an diesem Abend nahm Angela einen Schluck ihres süßen Rotweins. Anderson saß auf der anderen Seite des Tisches und sah sie an, als wäre sie die einzige Frau auf der Erde. Die Meeresluft füllte ihre Nase und die leise Musik der italienischen Band verzauberte ihre Ohren. Angela war froh, dass sie ihre Kleidung wieder angezogen hatte. Als die Sonne hinter dem Ozean verschwand wurde die Luft ein wenig kühl.

Auf dem Tisch waren ein rotes und ein weißes Tischtuch, was an ein traditionelles italienisches Restaurant erinnerte. In der Mitte des Tisches war ein quadratischer Spiegel mit einer hohen weißen Kerze. Das gab dem Restaurant eine sehr romantische Atmosphäre.

Zwischen den Holzbrettern, an welchen eine Plane befestigt war, waren ein paar funkelnde Lichter geschlungen, bis hinunter zu dem Geländer, um das sie gewickelt waren, sowie zu den Spindeln, die zum Boden führten. Es war eines der romantischsten Restaurants, das sie je gesehen hatte.

Anderson lächelte sie von der anderen Seite des Tisches an und legte seine Hand auf den Tisch. Angela legte ihre in Andersons Hand. Das Gefühl seines Daumens der über die Haut auf ihrem Handrücken wanderte, war als stünde sein Finger unter elektrischer Spannung. Sie konnte nichts gegen das riesige Lächeln auf ihrem Gesicht tun.

Plötzlich stand Anderson von seinem Stuhl auf und ging herum zu dem Platz auf dem Angela saß. Er streckte ihr seine Hand entgegen und bat Angela um einen Tanz. Natürlich akzeptierte sie das Angebt und erlaubte ihm, sie auf die Tanzfläche zu ziehen.

Sie umarmten sich, während sie langsam unter den funkelnden Lichtern tanzten, die auf der Decke befestigt waren. Anderson blickte tief in Angelas Augen und brachte sie dazu, sich zu fühlen als wäre sie der Schatz den Anderson sein ganzes Leben lang gesucht hatte.

Während sie sich auf der Tanzfläche bewegten, fühlte Angela dass ihr Herz genau in diesem Moment aus ihrer Brust springen konnte. Sie fühlte sich voller Zuneigung für Anderson, aber sie war sich nicht sicher, dass sie bereit war zu sagen, dass sie ihn liebte. Er griff nach oben, strich eine verirrte Strähne aus ihrem Gesicht und schob sie hinter ihr Ohr. Als er seine Hand wegzog, streichelten seine Finger zärtlich ihre Wange.

Angela beugte sich zu Anderson und küsste ihn innig. Es war als ob ihre Küsse sie am Leben erhielten. Sie waren tief und leidenschaftlich. Sie legte ihren Kopf auf Andersons Brust, während sie sich zu der Musik der Band bewegten.

Im Auto wickelte Anderson seinen Arm um Angela. Der Arm war hinter ihrer Schulter und zeichnete mit leichten Berührungen sanfte Muster auf ihrer Schulter. Ihr Kopf war gegen seinen Halsansatz gekuschelt. Sie fühlte sich sicher und beschützt mit Anderson, als würde er es niemals erlauben, dass ihr etwas passierte. Sie hatte sich noch nie von einem Mann so gut behandelt gefühlt.

Anderson küsste zärtlich ihren Kopf. Angela begann zu fühlen, wie Müdigkeit sie langsam überkam . Sie wusste, dass es nutzlos war, dagegen anzukämpfen. Sie würde ihr nicht standhalten, auch wenn sie es versuchte. Die wiegende Bewegung des Autos half ihr auch nicht dabei.

23

SEX AM MORGEN

Am nächsten Morgen wachte Angela in einem Bett auf, das nicht ihres war. Die luxuriösen Laken fühlten sich weich auf ihrer Haut an und die weiße Decke lag schwer und dick auf ihr. Das Licht, das durch die Vorhänge eindrang erhellte den Raum; scheinbar war sie in Andersons Schlafzimmer.

Sie hörte Geräusche aus der Küche aber sie konnte nicht erkennen ob es Anderson oder jemand vom Personal war. Sie schob die Decke weg und stellte ihre Füße auf den Boden. Sie erkannte die Kleidung, die sie trug; sie hatte einmal auf sie hingewiesen, als Anderson mit ihr zum Shopping gegangen war.

Es war ein einfaches pinkes Nachthemd, das genau die Unterseite ihres perfekten Hinterns erreichte. Darunter trug sie die passenden pinken Seidenshorts. Sie bedeckten nicht viel und endeten nur wenige Zentimeter unter dem Saum des Nachthemds. Sie stand auf und hatte das Gefühl, dass der weiche Teppich ihre Füße umgab. Sie ging still den Gang hinunter zur Küche.

Anderson stand an der Küchenzeile und trug nur einen karierten Pyjama. Er war vor dem Waffeleisen und machte Frühstück.

„Hey, Schlafmütze", sagte Anderson lächelnd.

„Guten Morgen", sagte Angela als sie sich in Andersons offene Arme warf.

Er küsste ihren Kopf, während er sie nah an seinen Körper hielt. Sie konnte die Hitze seiner Haut fühlen. Sie neigte ihren Kopf, um seine Lippen zu treffen. Ihre Küsse begannen langsam und sanft, fast als ob sie schüchtern wären. Andersons Hände wanderten an ihrer Wirbelsäule entlang und fanden ihren erotischen Arsch. Er umfasste ihn und drückte sanft seine Kurven.

Angela konnte spüren, wie sein Schwanz begann steif zu werden und sich gegen ihre Schenkel presste. Sie hatte fast vergessen wie groß sein Schwanz war. Ihre Küsse begannen leidenschaftlicher zu werden. Es war als würden sich die beiden brauchen, als ob sie sterben würden, wenn sie den anderen nicht bald für sich hätten.

Er begann ihren Hals zu küssen, zu saugen und sanft zu beißen während sie weitermachten. Als Anderson ihre Haut reizte, begann sie zu fühlen, wie ihr Körper antwortete. Es war als ob seine Küsse ihren Körper unter Strom setzten und sie dazu brachten, nach mehr zu flehen.

Angela spürte, dass es an der Zeit war. Sie ging auf die Knie. Auf ihrem Weg nach unten zog sie schnell an Andersons Hose und befreite seinen großen, geschwollenen Schwanz. Sie verschwendete keine Zeit. Sie leckte seinen Schwanz und brachte ihn zum Pochen, während sie sich mit ihrer Zunge auf seinem Schaft nach oben und unten arbeitete. Sie konnte spüren wie sein Schwanz mit dem Gefühl ihrer Zunge, die entlang der sensiblen Haut seiner harten Latte wanderte, zu zucken begann.

„Genug. Steh auf", forderte Anderson.

„Ja, Sir", antwortete Angela, als sie seinen Befehl ausführte.

Sie stand auf, genau wie er es befohlen hatte und wurde von Anderson begrüßt, der mit seiner Hand einen Schopf ihres Haars packte. Er brachte ihre Lippen auf eine kraftvolle Weise zu seinen, bevor er ihren Kopf nach hinten zog. Sie sah ihn an und erkannte, dass der dominante Ausdruck in seinen Augen zurückgekehrt war und sie bekam das Gefühl, dass das vielleicht sein normaler Zustand war.

Er ließ das Haar aus seinem Griff los und wanderte mit seinen Händen über ihre weiche, glatte Haut. Er zog ihre knappen Shorts von ihrem schlanken Körper und hob sie hoch. Er nahm sie so wie gestern im Meer in seine Arme. Sie schlang ihre Beine um seine Hüfte, aber diesmal war es anders.

Während sie sich an seinen Körper schmiegte, fühlte sie die Schwellung seines Schwanzes in sie eindringen. Er verlor keine Zeit damit, ihre nasse Muschi aufzuwärmen, stattdessen begann er sie hart und schnell zu nehmen. Genau danach hatte sich Angela in diesem Moment gesehnt. Sie wollte keine süße, zarte Liebe; sie wollte hartes und schnelles Ficken.

Anderson ging zu der Wand neben dem Kühlschrank und hielt sie dagegen. Er schnappte ihre Hände und hielt sie unter seinen gegen die Wand. Es war, als ob Angela vollkommen bewegungsunfähig wäre. Sie fühlte, dass sie absolut nirgends hingehen oder Anderson entkommen konnte, auch wenn sie es versuchte. Natürlich wollte sie nicht von ihm weg. Sie genoss es viel zu sehr wie sein Schwanz in ihre Muschi hämmerte, sie wollte nicht, dass es endete.

Da sie gegen die Wand gedrückt war, schaffte es Anderson, viel tiefer in ihre Muschi zu dringen. Jedes Mal, wenn er in ihr war, hatte Angela das Gefühl, dass sein Schwanz zu dick für ihre enge Muschi war. Sie spürte, dass er sie durchstechen würde.

Anderson ließ ihre Hände los und hielt stattdessen ihre Beine fest. Angela konnte sich nicht daran erinnen, jemals so hart gefickt worden zu sein wie gerade jetzt. Plötzlich begann sie aufgrund ihres Orgasmus zu stöhnen. Sie hatte nicht gespürt wie er sich in ihr aufgebaut hatte und er hatte sie vollkommen überraschend erwischt.

Andersons Orgasmus folgte nach ihrem und er war nicht weniger intensiv. Sein Gesicht verzerrte sich vor Genuss, während ein tiefes Stöhnen aus seinem Hals kam. Auch er fühlte die Erlösung des Höhepunkts und schoss seine heiße Flüssigkeit tief in Angela. Er küsste sie, die Brustkörper der beiden hoben und senkten sich schnell und wurden von ihren schlagenden Herzen gejagt.

„Ich bin mir sicher, dass die Waffeln komplett verbrannt sind.

Wollen wir irgendwo frühstücken gehen?", fragte Anderson, als ihre Füße erneut den Boden berührten.

„Das kling großartig", sagte sie lachend.

24

MAXINE KOMMT ZUR HILFE

„Maxine, ich habe ein Problem."

„Es zuzugeben ist der erste Schritt."

„Haha, Maxine, sehr lustig."

Angela fühlte wie das heiße Wasser ihre Füße umgab, als die Dame das Becken für die Pediküre füllte. Sie fügte einige weiche Blütenblätter und duftende Salze in das heiße Badewasser, dann ließ sie Angela und Maxine alleine.

„Das fühlt sich fantastisch an, Angela. Es scheint eine Ewigkeit seit unserem letzten Mädchen-Tag vergangen zu sein."

„Das tut es wirklich, Maxi."

„Nun, was für eine Art von Problem hast du?"

„Ich glaube, dass ich dabei bin, mich zu verlieben."

„Oh, und in wen?", gurrte Maxine.

„Anderson."

„Ich hatte das Gefühl, dass er es war. Er scheint wirklich ein netter Mann zu sein, Angela, aber was hast du vor, mit Mark zu tun?"

„Das ist das Problem. Wenn ich keine echten Gefühle für Mark hätte, wäre das nicht wirklich ein Problem. Das Problem ist, dass ich immer noch Gefühle für ihn habe. Es ist als könnte ich nicht zwischen den beiden wählen, aber das muss ich, und zwar schnell. Es ist niemandem gegenüber fair. Ich kann sie nicht in diesem Fegefeuer warten lassen. Es ist nicht fair. Und es ist für mich nicht fair, so unsicher darüber zu sein, welchen Mann ich wirklich will."

„Das alles ist wahr, Angela. Ich bin froh, dass du das durchmachst und nicht ich, ehrlich gesagt."

„Danke Maxine. Deine Worte sind wirklich nett", sagte Angela mit sarkastischem Ton. Sie wusste, dass ihre Freundin nur ein wenig scherzte, deshalb beleidigten sie ihre Worte nicht. Sie wusste, dass ihre Freundin nur das Beste für sie wollte.

„Sei ehrlich, Angela. Bevorzugst du einen der beiden?"

„Nun, natürlich tue ich das."

„Das ist derjenige, den du wählen solltest."

„Aber wie weiß ich, dass es mit Mark wirklich vorbei ist?"

„Du musst diese Entscheidung treffen. Willst du dich wirklich weiterhin mit ihm im Kreis drehen? Es scheint nie aufzuhören. Ihr seid eine Minute zusammen und nach ein paar Stunden wirst du weinend mit gebrochenem Herzen am Boden liegen. Ich möchte nicht, dass du das noch einmal mitmachst, Angela. Du verdienst so viel mehr als das. Du weißt, das das stimmt."

„Du hast recht. Ich weiß, dass du recht hast. Du hast immer recht, Maxine. Es ist nur so viel einfacher einen Ratschlag anzuhören, als in durchzuführen."

„Ich bin mir sicher es ist einfacher, als in der Schwebe zu leben."

„Ich werde es dir sagen, wenn ich meine Entscheidung getroffen habe."

In diesem Moment kamen die Damen zurück, die ihre Pediküre machten. Die junge Frau hob Angelas Fuß aus dem Wasserbecken und begann die abgestorbene und verhärtete Haut von ihrer Sohle zu feilen. Sie wünschte, die Frau könnte stark genug reiben, um ihre Probleme verschwinden zu lassen oder um wenigstens ihre Entscheidung zu erleichtern.

Natürlich war die Dame der Pediküre keine Zauberin und sie war nicht in der Lage, eine Entscheidung für sie zu treffen. Angela dachte daran, die Frau zu fragen, aber sie glaubte dass diese dann vielleicht dachte, dass sie verrückt sei.

Angela hatte keine Wahl; sie musste versuchen, die Antwort alleine zu finden. Sie saß in ihrem Pediküre-Stuhl und während sie sich eigentlich entspannen sollte, konnte sie an nichts anderes als Mark und Anderson denken. Sie hatte in der Tat begonnen, sie in ihren Gedanken zu vergleichen, als ob das helfen würde, eine Wahl zu treffen.

„*Anderson ist reich und Mark ist immer knapp daran, pleite zu sein. Mark und ich sind an vielen ähnlichen Dingen interessiert und Anderson hat einen erlesenen Geschmack zu dem ich im Moment keine Beziehung habe. Anderson ist neu und aufregend. Mark ist sicher und vertraut. Mark ist ein Ex-Freund und Anderson ist dabei, mein Freund zu werden, den ich mehr als alles andere will.*" Angela kämpfte mit sich selbst. Ihr Verstand war im Krieg. Jede Seite schoss unsichtbare Kanonen auf die andere.

Die Frau nahm den grauen Nagellack, den Angela vorher gewählt hatte. Als sie ihr dabei zusah, wie sie die Flasche zwischen ihren Handflächen rollte, stellte sie sich vor, in der kleinen Flasche zu sein. So fühlte es sich an; es war als ob ihr Geist und ihr Körper sich schnell in einem Wirbel drehten.

Ihr Verstand raste und wechselte schnell zwischen Gedanken an Mark und Anderson hin und her. Die Entscheidung, die sie treffen musste, wurde mit jeder Drehung der Flasche klarer. Sie wusste, dass sie ihre Entscheidung schnell treffen musste.

Sie konnte etwas in ihren Interaktionen mit Anderson erkennen, das ihr sagte, dass er es langsam satt war zu warten. Sie wusste, dass er sie auf jede Weise wollte, in jedem Sinne dieses Wortes. Er wollte vollständige Kontrolle über sie haben, und sie wollte das auch.

Während die Frau den dickflüssigen, matten Lack auf ihre Zehennägel strich, war es als ob sie damit ihre Entscheidung besiegelte und sie davon abhielt ihre Meinung zu ändern. Sie hatte sich für Anderson statt Mark entschieden. Nun musste sie einen Weg finden, um Mark die schlechte Nachricht zu vermitteln und Anderson sagen, dass sie endlich ihm gehörte.

25

WAS SIE WÄHLTE BUCH FÜNF

Angela konnte es nicht leugnen, dass ihr Anderson in der Tat viel Geduld entgegenbrachte. Obwohl sie noch nicht alles über ihn wusste, war ihr klar, dass er in geschäftlichen Angelegenheiten noch nie ein Mann gewesen war, den man als *geduldig* bezeichnen hätte können. Anderson war ein starker, mächtiger Alfa-Mann, der es gewöhnt war, das zu bekommen was er wollte und *wann* er es wollte.

Sie musste sich eingestehen, dass sie begann, sich ein wenig schuldig dafür zu fühlen, dass sie ihn auf „standby" hielt. Sie hatte Angst darüber nachzudenken, was vielleicht passieren konnte wenn er genug davon hatte darauf zu warten, dass sie sich dazu entschied, ihren Geist vollkommen und komplett ihm und *nur* ihm zu widmen.

Angela wusste, dass Anderson kein Idiot und nicht blind war. Sie musste annehmen, dass er über ihre Situation mit Mark Bescheid wusste und sie war von der Tatsache beeindruckt, dass er dies noch nie angesprochen hatte. Ebenso wusste sie tief in ihrem Inneren, dass kein Mann, vor allem kein dominanter Milliardär und Alfa-Mann, tatsächlich seine Frau mit einem anderen Mann teilen wollte – außer natürlich, wenn es ein Mann war, den Anderson selbst dazu eingeladen hatte.

Seit dieser Nacht, in der er Angela zu dem durch Alkohol ange-
regten Vierer gebracht hatte, den sie mit ihm und einem befreun-
deten Pärchen erlebt hatte, hatte er nie wieder einen anderen Mann –
oder eine andere Frau – eingeladen, bei ihren erotisches Sex-Eska-
paden mitzumachen. Vielleicht genoss er es momentan, sie ganz für
sich alleine zu haben (nun, *fast* für sich alleine), da Angela immer
noch mit sich selbst aufgrund der bestehenden Gefühle für Mark
kämpfte.

Angela erlaubte sich, während sie sich für die Arbeit am Montagmorgen vorbereitete, ihren Verstand mit diesen Gedanken zu füllen.
Sie hatte die Zeit mit Anderson sehr genossen und er war sicherlich
dabei, einen Weg in ihr Herz zu finden. Sie konnte nicht leugnen,
dass sie ein wenig Angst davor hatte, dass ihre „Affäre" mit Anderson
am Ende genau das sein würde: eine Affäre.

Ein Teil von ihr war immer noch besorgt, da ein gutaussehender,
wohlhabender und dominanter Mann wie Anderson jede Frau auf
der Welt haben konnte. Warum war er so in sie verschossen? Was an
ihr zog ihn an? Sie hatte zu viel Angst davor gehabt, um es ihn
einfach direkt zu fragen, da sie sich vorstellte, dass er diese Dinge
auch mit anderen Frauen machte. Vielleicht würde er sich mit derje-
nigen vergnügen, auf die er ein Auge geworfen hatte und dann,
sobald er genug von ihr hatte, zu der nächsten Liebhaberin
übergehen.

In ihrem Inneren hoffte Angela, dass es nicht so war. Sie
erkannte, dass sie dabei war, sich Hals über Kopf in ihn zu verlieben,
aber ihre ungleichen sozialen Ebenen brachten sie dazu, besorgt zu
sein, ob sie Frau genug war, um einen Mann wie Anderson behalten
zu können oder nicht. Konnte sie ihn wirklich für den Rest seines
Lebens glücklich machen? Würde er sich wirklich vollständig ihr
und nur ihr widmen? Oder würde er vielleicht genug von ihr
bekommen und zu einer neuen, aufregenderen Frau übergehen,
sobald Angela beschlossen hatte, sich ihm vollständig hinzugeben?

All diese Gedanken schwirrten in Angelas Kopf herum, als sie
sich auf den Weg ins Büro machte. Es war wirklich großartig und
aufregend, sich immer auf die Arbeit zu freuen, es nicht erwarten zu

können, Anderson fast jeden Tag zu sehen. Es war ebenso ein biss-chen einschüchternd, darüber nachzudenken, wie merkwürdig es sein würde, wenn Anderson eines Tages genug von ihr hatte. Würde er immer noch freundlich und nett sein, auch wenn er sich dazu entscheiden würde, ihren Flirt zu beenden? Oder würden die Dinge dann so kompliziert werden, dass sie sich einen neuen Job suchen musste?

Angela schüttelte die Gedanken aus ihrem Kopf, als sie den Park-platz für die Mitarbeiter des Gebäudes erreichte. Sie wusste, dass sie einen klaren Kopf benötigte und ihre Gedanken auf die Arbeit konzentrieren musste – wenigstens für die Zeit, in der sie hier war. Sie sah sich um, um zu erkennen ob eines von Andersons teuren Fahrzeugen in seinem reservierten Parkplatz stand, doch sie sah keines seiner Autos dort. Sie nahm an, dass er noch nicht im Büro war, deshalb nahm sie ihre Tasche und ging hinauf zu ihrem Schreibtisch.

Als sie ihren Arbeitsplatz erreichte, bemerkte sie ein neues Gesicht, das sie nicht erkannte. An der Rezeption stand eine neue Empfangsdame. Anderson hatte nichts davon erwähnt, dass er eine neue Empfangsdame einstellen würde, deshalb war Angela ein wenig überrascht, ein neues, junges Gesicht zu sehen. Als Angela an ihr vorbeiging, sprach sie das neue Mädchen an.

„Guten Morgen, Sie müssen Angela sein", sagte die junge Frau mit einer freundlichen Stimme und einem strahlenden Lächeln.

Angela wandte der jungen Frau ihr Gesicht zu und blickte sie kurz an.

„Guten Morgen", antwortete Angela. „Ja, ich bin Angela. Ich glaube nicht, dass wir uns bereits kennengelernt haben."

Die junge Frau stand auf und kam hinter dem Tisch hervor, um sich Angela formell vorzustellen.

„Mein Name ist Mallory. Mallory Watkins", sagte sie und streckte Angela ihre perfekt manikürte Hand entgegen.

Mallory sah sehr jung aus. Sie schien sogar jünger als Angela zu sein, offenbar war sie in ihren frühen Zwanzigern. Sie war groß und

dünn, sogar dünner als Angela, aber sie hatte perfekte Brüste und
ebenso einen runden Hintern.

Für Angela sah Mallory aus, als könnte sie ein Model sein. Sie
musste mindestens 1,70 groß sein und mit ihren 10 Zentimeter hohen
Absätzen war sie 1,80 groß, als sie vor Angela stand. Sie hatte lange,
seidige, blonde Haare, die in mehreren dicken goldenen Locken um
ihre Schultern fielen. Sie war ein wenig blasser als Angela und
konnte ein paar Besuche im Solarium oder mehrere Stunden unter
der heißen Sonne vertragen. Aber ihre Haut war zart und absolut
makellos.

Ihre Augen hatten eine schöne Mandelfarbe, ihre Wimpern
waren lang und dick. Sie mussten mit einem teuren Mascara verlän-
gert worden sein, dachte Angela, weil niemand so lange und dicke
natürliche Wimpern hatte. Ihre Augen waren sehr hübsch und
verführerisch. Obwohl Angela es nicht in Betracht zog, von anderen
Frauen angezogen zu sein, konnte sich nicht leugnen, dass Mallory
definitiv eine atemberaubende junge Frau war.

„Schön, Sie kennenzulernen", antwortete Angela, ergriff Mallorys
Hand und schüttelte sie fest. Mallorys Haut war so glatt und weich
wie sie aussah. Ihre Hände fühlten sich an, als würde sie in Creme-
Behältern schlafen, so weich waren sie. „Sie haben wirklich sehr
weiche Hände."

„Danke, ich verwende zwei Mal am Tag ein Paraffin-Wachs",
antwortete Mallory und hatte ein breites Lächeln auf ihrem Gesicht,
das nicht mehr aufzuhören schien. „Es ist nervig, aber bewirkt
Wunder auf der Haut."

„Ich verstehe", kommentierte Angela und blickte Mallorys
perfekt aussehende, volle Lippen an. Mallory hatte sie mit einem
glänzenden, schimmernden pinken Gloss bedeckt, der zu ihrer rosa-
roten Seidenbluse passte. Ihre Bluse war geschmackvoll, sie sah sinnlich aus. Sie umhüllte ihre festen, runden Brüste, während ihr
cremefarbener Bleistiftrock ihre schlanken Hüften und ihren runden
kleinen Arsch betonte. Für den Bruchteil einer Sekunde verspürte
Angela einen leichten Anflug von Eifersucht. Sie fragte sich, ob

Anderson vielleicht diese junge, lebhafte, erotische Frau engestellt hatte, weil er genug von ihr hatte. Vielleicht plante er ...

„Guten Morgen, Ladys", Andersons Stimme unterbrach Angelas Gedanken. „Angela, wie ich sehe hast du Mallory kennengelernt und Mallory, Sie haben Angela kennengelernt."

Mallory nickte Anderson zu und lächelte. Angela drehte sich um, sie war überrascht, Andersons Stimme zu hören.

„Guten Morgen, Boss", antwortete Mallory.

„Oh, guten Morgen, Anderson. Ich wusste nicht, dass du hier bist", sagte Angela. Sie fühlte wie sich ihr Herzschlag aufgrund der Nervosität beschleunigte. Sie fühlte sich irgendwie, als wäre sie mit der Hand in der Keksdose erwischt worden.

„Mallory, ich habe ein paar Trainingvideos, die Sie sich anschauen müssen. Sie können sie im Konferenzzimmer ansehen", sagte Anderson.

„Angela, du und ich, wir haben heute ein Meeting zum Mittagessen am üblichen Ort", sagte er streng und blickte ihr direkt in ihre Augen.

Angela fühlte ein Zucken zwischen ihren Beinen, als sie an Mallory in dem gleichen Konferenzraum dachte, in dem sie und Anderson so viele erotische Begegnungen gehabt hatten. Und sein bestimmender Ton machte sie automatisch an. Er behandelte sie wie eine normale Assistentin vor den Mitarbeiten, aber sobald sie alleine waren, war er eine komplett andere Person.

„Ja, Sir", antwortete Angela. Sie winkte und ging zu ihrem Schreibtisch.

Sie drehte sich um und sah, wie Anderson Mallory hinaus in den Gang und dann hinunter in den Konferenzraum brachte. Nur für einen Moment fühlte sie den kleinen, leichten Anflug der Eifersucht erneut. Sie zuckte mit den Schultern als Anderson und Mallory in dem Gang verschwanden und wandte ihre Aufmerksamkeit wieder ihrem Schreibtisch zu.

Bin ich wirklich eifersüchtig, fragte sie sich. *Was zum Teufel ist los mit mir?*

Sie schüttelte wieder ihren Kopf und versuchte, das eifersüchtige

Gefühl aus ihrem Verstand zu verbannen.

Angela konnte es kaum erwarten, dass es Mittagszeit wurde. Sie wollte ein wenig Zeit alleine mit Anderson verbringen und ihn möglicherweise fragen, warum er Mallory eingestellt hatte und ihr nichts davon gesagt hatte. Sie wusste, dass er ihr nicht wirklich eine Erklärung schuldig war, da sie noch kein echtes „Paar" waren. Aber aus irgendeinem Grund hielt diese Tatsache ihre Gefühle nicht davon ab, aufzukommen.

Sie warf einen Blick auf ihr Telefon um zu sehen, ob Anderson ihr eine Nachricht oder ein verruchtes Foto gesendet hatte, doch sie fand nichts. Sie sah jedoch eine Nachricht von Mark.

Wann hatte er sie geschickt? Ich habe sie nicht gesehen, als ich die Wohnung verlassen hatte, dachte sich Angela. Sie glitt mit ihrem Finger über den Bildschirm und drückte auf „Neue Nachricht", um zu sehen, was Mark ihr geschrieben hatte. Sie las:

Hi Ang. Hast du Pläne fürs Mittagessen? Ich hoffte wir könnten heute miteinander reden.

„Worüber reden?", wunderte sich Angela laut. Es bestand keine Möglichkeit, dass sie ihre Verabredung zum Mittagessen mit Anderson absagen würde, um Mark zu treffen. Sie schrieb ihm schnell eine Nachricht:

Ich kann heute nicht. Aber vielleicht morgen?

Sie drückte auf „senden" und wartete um zu sehen, ob Mark antwortete. Sie wartete und wartete, aber nichts kam. Schließlich wandte sie sich wieder ihrer Arbeit zu, um diese zu beenden und wünschte sich, dass der Morgen schnell vergehen würde, damit es bald Mittag war.

ALS DER WECKER ihres Telefons losging war es genau zwölf Uhr. Angela konnte es kaum erwarten. Sie fuhr ihren Computer eilig hinunter und ging hinaus in Richtung Ausgang. Andersons „Meeting zu Mittag" an dem „gewöhnlichen Ort" bedeutete, dass er die Limo kommen ließ, sich mit ihr an der Rückseite des Gebäudes traf und sie sich in der Limousine gegenseitig mit exotischen Früchten und

Sahne fütterten, während sie in der Stadt herumfuhren. Anderson fügte immer etwas Sexuelles zu ihrer Mahlzeit hinzu, entweder bestand es darin, dass sie Erdbeer-Sahnecreme von seinem riesigen Schwanz leckte oder dass er Kirschsauce von ihren Nippeln und ihrem Kitzler saugte. Sie fragte sich, was er diesmal für sie beide vorhatte. Er war immer voller erotischer Überraschungen.

Für einen Moment begann Angela sich zu fragen, ob sie ihr aufgeregtes Gefühl und die Erregung mit Verliebtheit und ihre überwältigende Leidenschaft und Lust mit Liebe verwechselte. Erneut schüttelte sie den Gedanken weg und konzentrierte sich nur auf das stimulierende Mittagessen, das bevorstand.

Sie eilte zum Lift und drückte immer wieder auf den Knopf. Sie versuchte damit, den Fahrstuhl schneller kommen zu lassen.

„Komm schon, komm schon!", sagte sie laut, ohne sich direkt an jemanden zu wenden. Es waren einige Leute in den Gängen, auch sie waren auf dem Weg zu ihren Mittagspausen. Sie fragte sich ob jemand von ihnen die gleichen, versauten Aktivitäten unternahm, mit denen sie und Anderson sich oft zu Mittag vergnügten.

Es fühlte sich an als würde der Fahrstuhl eine Ewigkeit brauchen! Sie wusste jedoch, dass sie nicht wirklich in Eile war. Anderson war ihr Boss, deshalb war es kein Problem, wenn sie die übliche Mittagspause von einer Stunde überzogen. Es war ein oder zwei Mal vorgekommen, dass sie es nach ihrem „Date zu Mittag" gar nicht mehr zurück ins Büro geschafft hatten. Alles hing von Andersons Zeitplan und seiner Arbeitsbelastung ab.

Endlich läutete der Fahrstuhl und die Türen öffneten sich. Es waren drei oder vier andere Leute im Lift, als Angela ihn betrat. Alle von ihnen schienen in das Erdgeschoss zu fahren. Sie bemerkte, dass sie die hübsche, neue Empfangsdame Mallory nicht mehr gesehen hatte, seitdem sie am Morgen angekommen war. Sie fragte sich wohin die kleine Miss Model Mallory verschwunden war. Vielleicht hatte sie den Großteil des Morgens damit verbracht, Training-Videos im Konferenzraum anzusehen – in jenem, den Angela und Anderson auf mehr als eine Weise „genutzt" hatten und öfter als nur ein paar Mal.

Angela konnte das Gerede und Geschwätz der anderen Mitarbeiter im Fahrstuhl nicht einmal hören. Sie konnte nur an ihr Date zu Mittag mit Anderson denken. Dann vibrierte plötzlich ihr Telefon. Sie sah hinunter und erkannte, dass Mark ihr eine Antwort auf ihre Nachricht von vorher geschickt hatte. Sie glitt mit dem Finger über den Touchscreen um zu sehen, was er geantwortet hatte.

Morgen klingt gut. Um welche Zeit beginnt deine Mittagspause?

Angela dachte einen Moment nach. Sollte sie die Gelegenheit ergreifen und sich mit ihm zum Mittagessen treffen? Was würde Anderson denken, wenn er oder einer seiner Mitarbeiter sie während des Arbeitstages mit Mark in der Öffentlichkeit sehen würde? Sie hielt einen Moment inne und war sich nicht sicher, was sie Mark antworten sollte.

In diesem Augenblick läutete der Lift wieder und die Türen öffneten sich auf der Ebene der Lobby des Bürogebäudes. Angela verließ den Fahrstuhl und ging nach draußen.

Eine lange, schwarze Stretch-Limousine stand außerhalb des Gebäudes und Angela wusste, dass es ihre Fahrt zum Mittagessen war. Nur der Anblick der dunkel getönten Fenster des Fahrzeugs und das Wissen, dass Anderson sich im Inneren befand und mit einigen reizvollen Überraschungen zu Mittag auf sie wartete, machten sie augenblicklich feucht zwischen ihren Schenkeln. Die Wirkung, die er auf sie hatte, erstaunte sie immer noch hin und wieder.

Sie war zwei Jahre lang mit Mark ausgegangen, damals als sie zusammen waren und er hatte sie nie so einfach auf sexuelle Weise angeregt, wie es Anderson tat. Nicht dass Mark schlecht im Bett gewesen war. Er war ein leidenschaftlicher und aufmerksamer Liebhaber, das war er immer schon gewesen. Aber er war nicht annähernd so abenteuerlich, aggressiv, kreativ oder dominant wie Anderson wenn es um Sex ging.

Angela hätte sich nie vorstellen können sich zu langweilen oder das Interesse zu verlieren, wenn es um Sex mit Anderson ging. Aber ein Teil von ihr musste zugeben, dass großartiger Sex alleine keine gute Beziehung ausmachte. Mit Mark hätte sie eine ziemlich gute Garantie gehabt, dass es die beständige, vollkommen ernsthafte

Beziehung sein würde, nach der sie sich sehnte und dass sie die Sicherheit bekommen hätte, im Falle der Notwendigkeit immer jemanden an der Seite zu haben. Sie sehnte sich danach, das mit Anderson zu haben, aber sie war sich noch nicht ganz sicher, dass er das auch mit ihr wollte.

Mit Mark zu sprechen war einfach. Sie konnte so ziemlich über alles mit ihm reden, er würde ihr immer zuhören und auf ihre Gefühle Rücksicht nehmen. Mit Anderson fühlte sie sich immer noch irgendwie eingeschüchtert und hatte Angst davor, mit ihm über Themen in Bezug auf eine ernste Beziehung zu sprechen. Sie wusste, was sie von ihm wollte, aber sie fürchtete sich davor, das Thema anzusprechen und bis jetzt hatte er selbst noch nichts diesbezüglich erwähnt.

Aber jetzt war nicht der richtige Zeitpunkt, um über solche Dinge nachzudenken; jetzt war es an der Zeit, ihren Verstand auf „Genuss-Modus" zu stellen und sich in dieser wilden, sinnlichen Mittagspause zu vergnügen, die sie bald mit ihrem gutaussehenden, sexuell anregenden Milliardär-Liebhaber erleben würde. Sie setzte ein flirtendes Lächeln auf und ging hinaus zu dem wartenden Fahrzeug.

Der Chauffeur erwartete sie an der Hintertüre der Stretch-Limo. Sie ging hinüber zu der Türe und schenkte ihm ein freudiges Lächeln.

„Bitte sehr, Ma'am", sagte er, nickte ihr zu und öffnete die hintere, seitliche Passagiertüre der Limo.

„Vielen Dank", antwortete Angela und kletterte dann in die Limo, während er die Türe hinter ihr schloss.

Anderson war im Inneren und hatte das Mittagessen für die beiden bereits im hinteren Bereich der aufwändigen Limo vorbereitet.

„Hallo Liebling", sagte er mit einer weichen, melodischen Stimme. „Ich hoffe du bist hungrig. Du weißt sicherlich, dass ich es bin." Er leckte seine Lippen auf eine sexy Art, was Angela sofort feucht zwischen den Beinen werden ließ.

Angela warf ihm ein sexy Lächeln zu und blinzelte ihn an. Sie war immer noch darüber erstaunt, wie er sie stets dazu brachte, sich jedes Mal wie ein schwärmerisches junges Mädchen zu fühlen, wenn sie in seiner Nähe war.

„Hallo Mr. Cromby", sagte sie gurrend und fühlte bereits Verlangen in ihrem Inneren.

Ihr Körper reagierte stets auf erregte Weise, wenn sie mit ihm zusammen war. Er hatte eine gewisse Macht über sie – eine sexuelle Macht, die sie niemals leugnen hätte können, auch wenn sie es wollte. Sie glitt auf den Sitz neben ihm und begrüßte ihn mit einem festen Kuss auf die Lippen.

„Mmmm, das schmeckt bereits wie die Vorspeise", sagte Anderson und blinzelte ihr flirtend zu. Angela geriet in Verzückung wie ein errötendes Schulmädchen.

Sie blickte hinüber zu der köstlich aussehenden Auswahl von exotischen Früchten und Sahnesorten, die Anderson so sorgfältig für ihre erotische Mittagspause angerichtet hatte. Sie hatten eine Schüssel voller reifer Erdbeeren und mehrere Geschmacksrichtungen von geschlagener Sahne. Es gab außerdem eine Platte voller Früchten, die Angela nicht augenblicklich benennen konnte, aber sie sahen unglaublich verlockend und schmackhaft aus. Ebenso war eine Flasche von teuer aussehendem Champagner dort und direkt davor standen zwei Weingläser.

„Oh wow!", Angelas Augen leuchteten bei dem Anblick des Mini-Buffets auf. „Das sieht fantastisch aus, Anderson!" Sie war immer noch verblüfft darüber, wie er sie jedes Mal mit seiner Kreativität erstaunte.

Anderson erlaubte einem kleinen, selbstgefälligen Grinsen, sich auf seinen perfekten Lippen auszubreiten. Er mochte die Art sehr, wie Angela auf seine innovative Verführungstechnik reagierte. Seine frisch gestutzten Augenbrauen hoben sich, als er sie anblickte.

In diesem Moment fuhr die Limousine los auf die Straße in Richtung Süden.

„Ich weiß, wir haben nicht viel Platz hier, aber ich möchte, dass du das anziehst", forderte Anderson und gab ihr eine rote Schachtel in Herzform. Sie war mit einer Masche verbunden. Angela öffnete die Schachtel und ihre Augen weiteten sich vor Freude, als sie ein rotes, essbares Nachthemd darin fand.

„Oh, meine Güte!", sagte Angela und kicherte. „Ich glaube das wird eines unserer besten Dates zu Mittag!"

Anderson goss den beiden ein wenig Champagner in die Sektgläser, während Angela eilig das Kleid auszog, das sie während der Arbeit getragen hatte, damit sie in das essbare Nachthemd schlüpfen konnte. Sie hatte bereits aufgehört, in der Arbeit Unterwäsche zu tragen, als sie ihren neuen Job in Andersons Bürogebäude begonnen hatte. Und da ihre Brüste fest und prall waren, ging sie ebenso oft ohne BH arbeiten. Heute war der perfekte Tag gewesen, um das Höschen und den BH zu Hause zu lassen und sie war sehr glücklich, dass sie es gemacht hatte. Sie zog ihr Kleid aus und schlüpfte anmutig in das essbare rote Nachthemd.

Unter dem Neglige war ebenso ein essbares Höschen, auch das zog sie an. Anderson hatte sie natürlich bereits in mehreren Situationen nackt gesehen, aber er hatte sich umgedreht, um den Champagner und die Obstplatte vorzubereiten, während sie sich umzog. Er wollte warten, bis er sie komplett mit dem sexy essbaren Outfit angezogen sehen konnte, bevor er sich umdrehte und ihre „Mittagspause" offiziell beginnen konnte.

„Nicht schauen!", sagte Angela kichernd, während sie sich das essbare Höschen über ihre schlanken Hüften zog.

„Ich schaue nicht", versicherte ihr Anderson. Er stellte sich bereits vor, wie reizvoll sie in dem essbaren Set aussehen würde, das er ihr gekauft hatte und ebenso dachte er daran, wie gut sie darüber hinaus *schmecken* würde.

„Ok, du kannst jetzt schauen", sagte ihm Angela.

Anderson drehte sich um, um zu sehen, wie sie sexy in ihren kleinen Dessous posierte. Seine Augen weiteten sich vor Lust bei ihrem Anblick. Die knappe Lingerie umrahmte ihre Figur mit purer Perfektion. Sie betonte jede einzelne Kurve ihres Körpers, von den prallen, großen Brüsten bis hin zu ihren schlanken, weiblichen Hüften. Und als sie ihren Körper zur Seite drehte, umgab das Höschen ihren knackigen, runden Arsch genau passend.

„Du, meine Liebe, siehst köstlicher und appetitanregender aus, als jede dieser exotischen Früchte mit Sahne es je könnten", gurrte Anderson.

Seine Stimme war sanft, sinnlich und verführerisch. Er beugte sich so nah zu ihrem Ohr, dass sie seinen warmen Atem genau an dem oberen Teil ihres Halses spüren konnte. Er sandte bebende Wellen durch ihren ganzen Körper. Seine Stimme war so tief und barsch, dass sie jedes Mal wenn er sprach, ein weiteres Zucken zwischen ihren Schenkeln wahrnahm. Er wusste genau wie er sie aufgeilen konnte.

Anderson trug ein dunkles geknöpftes Seidenhemd und eine teure schwarze Hose. Angela hatte ihn immer sehr elegant und sexy gefunden, egal wie er bekleidet war. Seine Seidenhemden umrahmten stets die Muskeln seiner Arme und seiner Brust, sie gaben die makellose Definition seiner perfekt gemeißelten Figur durch den dünnen Stoff preis. Als er neben ihr saß und Angela in den essbaren Dessous betrachtete, nahm er ihren Anblick für eine Weile auf und hielt sein Glas Champagner in der Hand. Angela konnte sich nicht helfen, sie fühlte ein sehr starkes Bedürfnis, sein Hemd von ihm zu reißen und seinen Körper für sich zu beanspruchen. Stattdessen blinzelte sie ihm zu und war fast nicht in der Lage, ihre wachsende Erregung im Zaum zu halten.

„Champagner?", fragte er und gab ihr das Glas, das er für sie eingegossen hatte, während sie sich umgezogen hatte.

„Vielen Dank, Mr. Cromby", sagte Angela und konnte sich nicht davon abhalten, ihn anzulächeln. Sie bemerkte, dass sie häufig lächelte, kicherte und lachte, wenn sie mit Anderson zusammen war. In der Tat häufiger als mit Mark. Und sie stöhnte, ächzte, keuchte und schrie deutlich öfter, wenn sie Sex mit Anderson hatte – öfter als sie es jemals getan hatte, als sie mit Mark Sex hatte. Aber sie wollte nicht gerade jetzt an diese Dinge denken, deshalb schob sie die Gedanken aus ihrem Kopf und konzentrierte sich darauf, die Zeit mit Anderson zu genießen.

Die beiden nippten an ihrem Champagner und hatten ein wenig Smalltalk, während sich die sexuelle Anspannung zwischen ihnen fortwährend steigerte. Angela wusste, dass Anderson es wirklich genoss die Spannung ihrer Rendezvous aufzubauen. Das machte das „Endresultat" um einiges befriedigender und brachte die beiden dazu, sich noch mehr nach einander zu sehnen. Er liebte es, die Kontrolle über Angela auf eine sexuelle Weise zu haben und sie zu dem Punkt zu bringen, an dem sie ihn buchstäblich um mehr anbettelte. Angela konnte nicht leugnen, dass sie es genau so liebte wie er.

„Öffne deinen schönen Mund, Angela", befahl Anderson. Sie war gehorsam. Er tauchte eine Erdbeere in weiße Sahne und platzierte sie zwischen ihren Lippen. Sie biss ab und kostete die Süße der Frucht und der Sahne auf ihrer Zunge.

„Mmmm", seufzte sie, kaute das Obst und schluckte.

„Du bist so verdammt sexy wenn du isst", sagte ihr Anderson und griff nach einer weiteren Frucht. „Das werden wir heute machen, Liebes. Ich möchte, dass du jede einzelne Frucht mit verbundenen Augen probierst. Ich werde dich mit unterschiedlichem Obst füttern und du wirst mir sagen, welche Art von Frucht es war, du darfst sie nur riechen und schmecken."

„Okay", antwortete Angela.

„Ich werde dich fragen, welche Obstsorte es ist und jedes Mal wenn du richtig liegst, werde ich ein Stück von deinem Nachthemd von dir essen. Aber jedes Mal wenn du es nicht errätst, werde ich dein Höschen hinunterziehen und dir deinen schönen Arsch versohlen."

Angela schauderte erneut, dieses Mal mit noch mehr Aufregung. Sie konnte bereits die Gänsehaut auf ihrem ganzen Körper spüren, als sie nur daran dachte, die Augen verbunden zu bekommen und von Anderson versohlt zu werden. Sie plante bereits, einige der Früchte absichtlich nicht zu erraten, damit sie den Genuss und den Schmerz seiner strengen, starken Hand auf ihren Arschbacken spüren konnte.

„Bist du bereit?", fragte Anderson und trank den Rest seines Champagners mit einem letzten Schluck aus. Er griff in die tiefe linke Tasche seiner Hose und zog eine schwarze Augenbinde heraus. Angela schluckte den Rest ihres Champagners und nickte eifrig.

Anderson legte die Augenbinde auf seinen Schoß, direkt auf die große Beule seines bereits hart werdenden Schwanzes und nahm ein eine Frucht von jeder Sorte des kleinen Mittagsbuffets der Limousine. Er sagte ihr, welche Sorten es waren und erlaubt ihr, jede einzelne zu kosten. Sie tranken danach ein weiteres Glas Champagner und Angela konnte bereits die Wirkung des Alkohols spüren, was sie dazu brachte, sich entspannter und ungehemmter zu fühlen – nicht dass sie Champagner oder andere alkoholische Getränke benötigte, um sich so zu fühlen, wenn sie mit Anderson zusammen war. Seine Präsenz alleine war ihr natürliches Aphrodisiakum, ganz alleine.

Angela schloss ihre Augen und fühlte, wie ihr Herzschlag sich beschleunigte, während Anderson sorgfältig und sanft die Augenbinde über ihr Gesicht legte. Und dann, Überraschung! Anderson hatte ebenso Handschellen. Er band ihre Hände hinter ihrem Rücken zusammen. Angela fühlte ein weiteres Zucken der sexuellen Erregung zwischen ihren Beinen. Anderson war immer voller Überraschungen und er hatte bislang immer ihre Gelüste erraten. Es machte sie unendlich an und sie erlaubte ihm enthusiastisch ihre Handgelenke hinter ihrem Rücken festzubinden. Dann setzte er sie auf seinen Schoß, so dass ihre Beine über die linke Seite seines Körpers hingen.

Er rieb sanft die Rückseite ihres Genicks, massierte ihre nackte, freigelegte Haut und brachte sie dazu, wie ein Kätzchen in einer warmen, weichen Decke schnurren zu wollen. Die Vorfreude über das, was kommen würde, war für Angela fast nicht auszuhalten. Sie konnte spüren, wie ihr Kitzler bereits begann, vor Lust gegen die Süßigkeiten ihres Höschens zu pochen, während die Nässe zwischen ihren Beiden immer stärker wurde.

„Hier ist das erste", sagte Anderson, als er ein kleines, mundgroßes Stück Obst in die Sahne tauchte und zwischen Angelas volle Lippen schob.

„Mmmm", sagte sie erneut und genoss den süßen, starken Geschmack der Frucht, gemischt mit der Sahnecreme.

„Welche Obstsorte ist das, Angela?", fragte Anderson mit einer ernsten Stimme, als sich seine Hände nach unten arbeiten, bis sie den Bereich direkt in der Mitte ihres Rückens massierten. Es war eine der sensibelsten Zonen von Angelas Rücken und sie bog ihn nach vorn aufgrund seiner hypnotisierenden Berührung. Ein kleines Stöhnen entkam ihren Lippen, während er die Oberfläche ihrer Haut mit seinen Fingerspitzen bearbeitete.

„Mmmm, ist es eine Sternfrucht? Es schmeckt nach Sternfrucht", antwortete Angela.

Alles, was sie sehen konnte, war die schwarze Dunkelheit über ihren Augen. Aber es schien ihr, dass ihre anderen Sinne aufgrund des momentanen Verlusts ihres Sehsinnes irgendwie verstärkt arbeiteten. Sie fühlte jede Bewegung von Andersons Fingern, während sie ihren Hals und Rücken liebkosten und bebendes Verlangen durch ihre Wirbelsäule sendeten. Das Aroma und der Geschmack der exotischen Früchte schienen ebenso intensiver zu sein.

„Du liegst richtig! Gutes Mädchen", sagte ihr Anderson.

Er fütterte sie mit dem Rest der Frucht und dann fühlte Angela die Hitze seines Mundes auf ihrem Nippel. Mit seinem Mund schob er einen Teil des essbaren Nachthemds zurück, den Teil, der ihre rechte Brust bedeckte, und legte ihre weiche, nackte Haut, sowie die vollständig aufgerichtete Brustwarze frei. Angela zischte vor Genuss, als sie Andersons Mund und seine Zunge auf ihren Brüsten spürte. Seine Zunge kreiste um ihren harten Nippel und brachte sie dazu, ein weiteres Stöhnen der Lust von sich zu geben.

„Mmmm, ich hatte recht", sagte Anderson mit einer tiefen, sinnlichen Stimme, seine Lippen waren wenige Zentimeter von ihrem Ohr entfernt. Sie bebte erneut aufgrund des Gefühls seines warmen Atems auf ihrem zarten Genick. „Du schmeckst so viel besser als jede Frucht oder Sahnesorte auf diesem kleinen Sammelsurium der Köstlichkeiten."

Anderson öffnete seine Hose und befreite seinen bereits fast harten Schwanz. Angela konnte nicht sehen was er tat, aber sie konnte den Reißverschluss seiner Hose hören, der hinuntergezogen wurde. Sie wusste sofort, dass er seinen dicken, riesigen Schwanz aus seiner Hose geholt hatte und der Gedanke daran erhöhte ihrer Erregung. Hinter der Dunkelheit der Augenbinde konnte sie sich Andersons Schwanz vorstellen, seine riesige, geschwollene und harte Eichel, die nach ihr verlangte. Sie leckte ihre Lippen bei dem Gedanken.

„Okay Angela, hier ist das nächste", Anderson schob eine weiteres mit Sahne bedecktes Obststück in ihren Mund.

„Das hier ist einfach. Es ist eine Clementine", erklärte Angela sicher.

„Smartes Mädchen!", sagte Anderson. Er fütterte sie mit dem Rest der Frucht und verwendete seinen Mund, um ihre zweite Brust aus der essbaren Lingerie zu holen. Er leckte um ihre linke Brustwarze und verursachte damit, dass sie so hart wurde, als ob sich die Temperatur in dem Raum auf minus 50 Grad gesenkt hätte. Angela ließ ein weiteres Stöhnen aus und ihr Rücken bog sich wieder, dann presste sie ihre Brust weiter in Andersons Gesicht. Er nahm ihre ganze linke Brust tief in seinen Mund, saugte hungrig und brachte sie dazu, vor Verlangen zu keuchen.

„Oh Anderson", flüsterte Angela.

„Okay, Angela, hier ist das nächste", sagte ihr Anderson.

Dieses Mal war Angela über die Obstsorte, die Anderson in ihren Mund gegeben hatte, verwirrt. Sie bewegte das Stück in ihrem Mund und versuchte den Geschmack zu identifizieren, konnte sich aber nicht spezifisch festlegen.

„Hmmm", sagte sie und runzelte ein wenig die Stirn. „Ich weiß es nicht. Ist es ein Kiwi?"

Anderson schüttelte seinen Kopf, obwohl Angela ihn nicht sehen konnte.

„Es tut mir leid, Angela, das ist nicht richtig", sagte Anderson. Mit einer sanften Bewegung bog er Angelas schlanken Körper mit ihrem nackten Arsch in der Luft über seinen Schoß. Er riss das Höschen aus Süßigkeiten mit einer schnellen Bewegung herunter, während die kleinen Bonbons im hinteren Bereich der Limo herumflogen. Angela konnte seinen Schwanz fühlen, der nun gegen ihre Körpermitte pochte, als Anderson begann, sie für das Versohlen vorzubereiten – ihre Bestrafung dafür, die falsche Frucht geraten zu haben.

Angela konnte ihre Aufregung fast nicht kontrollieren, als sie fühlte, wie das Höschen von ihrem Schritt gezogen wurde. Mit ihrem nackten Hintern in der Luft lag sie über Andersons Schoß, sie bemerkte, wie ihr Schritt immer nasser aufgrund ihrer steigenden Erregung wurde. Sie spannte sich an, als sie Andersons warme, weiche Hände spürte, die über ihre Arschbacken rieben, sie liebkosten und massierten, sie drückten und kneteten. Angela bebte vor Vorfreude.

„Du hast die falsche Frucht geraten, Angela. Du weißt, was deine Bestrafung ist, nicht wahr?", fragte Anderson mit einem sanften, fast beruhigenden Ton.

„Ja, ich weiß was meine Bestrafung ist", antwortete sie mit einer gedämpften Stimme, die kaum lauter als ein Flüstern war.

„Was ist deine Bestrafung, Angela?", fragte Anderson streng, seine Stimme war immer noch weich und ruhig. Seine Hände massierten und liebkosten weiterhin die Backen ihres freigelegten Hinterns.

„Meine Bestrafung ist, versohlt zu werden", gab Angela zurück.

„Bist du bereit für unsere Bestrafung?", fragte Anderson, seine Bewegungen auf ihren Pobacken wurden ein wenig rauer.

„Ja, ich bin bereit für meine Bestrafung", bestätigte Angela.

„Lauter, Angela", kommandierte Anderson, seine Stimme war nun ein wenig strenger.

„Ich bin bereit für meine Bestrafung!", sagte Angela mit einer viel lauteren Stimme.

„Gutes Mädchen", antwortete Anderson.

Genau in diesem Moment traf seine große, schwere Hand die rechte Backe ihres Arsches mit einem lauten Knall. Angela zuckte vor Schmerz und ließ ein kleines Jaulen aus. Obwohl ihre rechte Arschbacke schmerzte, schoss ein Gefühl von Geilheit und Aufregung durch den Rest ihres Körpers.

„Bewege dich nicht, Angela", warnte sie Anderson. Angela lag so ruhig wie möglich da und versuchte ihr Bestes, um nicht auf den stechenden Schmerz zu reagieren, der von seinem harten Schlag zurückgeblieben war.

Sie fühlte und hörte einen weiteren lauten Knall, als Andersons Hand auf ihrer anderen Arschbacke aufkam. Sie ließ einen weiteren kleinen Aufschrei los und biss auf ihre Lippe, sie bekämpfte mit ihrem gesamten Willen das intensive Bedürfnis, auf den stechenden Schmerz zu reagieren, der von dem Schlag auf ihre freigelegte linke Pobacke verursacht wurde. Erneut sandte der Schmerz des harten Aufpralls eine Welle des Verlangens durch ihren ganzen Körper und erzeugte ein leichtes Beben in ihr.

„Gutes Mädchen", lobte sie Anderson, seine großen, starken Hände rieben und liebkosten nun wieder ihre schmerzenden Pobacken und massierten den Schmerz weg, den sie gerade verursacht hatten. Angela fühlte, wie ihre Muschi sogar noch nasser zwischen ihren Beinen wurde. Sie war extrem aufgegeilt und ihr sehr feuchter Schritt schrie nach ein wenig Aufmerksamkeit – ein wenig Stimulation – von Anderson.

„Noch einen, weil du auf die falsche Frucht getippt hast, Angela", warnte Anderson sie. Erneut spannte sich Angela für den Schlag an. Dieses Mal schnellte seine schwere Hand mit einem starken, harten Knall gleichzeitig auf beide Pobacken.

Angela konnte sich nicht helfen und ließ einen weiteren Schrei aus, als ihre Arschbacken begannen, vor Schmerz zu stechen. Die Welle der Lust die folgte, war sogar noch intensiver. Sie fühlte wie Anderson begann, den stechenden Schmerz durch Liebkosungen und zartes Reiben zu mildern; nach diesem letzten harten Schlag brannte ihr Körper vor Verlangen nach ihm.

„Du solltest deinen schönen Arsch sehen, Angela. Er wird wohl ziemlich rot werden", sagte Anderson mit einem kleinen Lächeln auf dem Gesicht. Angela konnte es nicht sehen, aber sie konnte an dem Ton seiner Stimme erkennen, dass er lächelte. „Gutes Mädchen! Du hast die Bestrafung gut überstanden, Angela. Du hast eine Belohnung verdient."

Dann hob Anderson ihren kleinen Körper mit einer weiteren schnellen Bewegung und legte sie auf den Sitz der Limousine. Er spreizte ihre Beine weit und bewegte seinen Körper zwischen sie, ihre Hände waren immer noch hinter ihrem Rücken verbunden.

Er wanderte langsam mit beiden Händen ihre glatten, weichen Beine hinunter. Er strich ihre Schenkel nach unten und näherte sich dann ihrem geschwollenen, feuchten, vollkommen freigelegten, pochenden Kitzler. Angela atmete tief ein und stöhnte vor Vorfreude auf die Berührung seiner Hände auf ihrer verlangenden Weiblichkeit.

„Ja, entspanne dich, Angela. Ich werde dir eine Belohnung geben, weil du so ein gutes Mädchen gewesen bist. Willst du sie?", frage Anderson, seine Stimme war aufgrund seiner eigenen Erregung kratzig.

„Jaaa", zischte Angela, sie hob ihre Hüften in seine Richtung um seiner Berührung entgegenzukommen. „Ich will sie. Ich will sie so sehr, Anderson!"

Sie bebte, als er mit den Fingern über ihren Kitzler strich und ließ ein leidenschaftliches Seufzen aus.

In diesem Augenblick fühlte sie ein kaltes, leichtes Gefühl auf ihrem Schritt. Sie erkannte sofort, dass Anderson ein wenig von einer der Sahnesorten auf ihren Kitzler gesprüht hatte.

Er verlor keine Zeit, tauchte ein und saugte die Sahne von ihrem Kitzler, er leckte sie vollständig weg und schnalzte mit seiner Zunge gegen ihn, genau so wie er wusste, dass sie es mochte. Angela krümmte und wog sich vor Genuss, sie stöhnte und seufzte als Antwort auf seine orale Stimulation. Nichts sehen zu können intensivierte irgendwie das Gefühl seines Mundes und seiner Zunge auf ihrem Kitzler und sie fühlte, dass sie sich bereits dem Höhepunkt näherte. Sie wusste, dass Anderson sie direkt zum Abgrund bringen und dann aufhören würde, dadurch würde er sie schwach vor Lust machen und bereit, um ihn um einen Orgasmus anzubetteln.

„Oh ja! Ja, Anderson, ja!", schrie sie, ihre Hüften kreisten gegen sein Gesicht, ihr Höhepunkt baute sich auf und kam näher und näher,

„Mmmm, Angela du schmeckst so gut! Ich würde lieber dich als alles andere in dieser Limo kosten", murmelte Anderson während er sie leckte und reizte.

Er wusste, dass sie fast angelangt war und stoppte abrupt, da er bemerkt hatte, dass sie kurz davor war.

„Ich habe noch eine Frucht für dich, die du versuchen solltest, Angela", sagte er ihr und leckte ihren Geschmack von seinen Lippen.

Er kniete sich vor ihr Gesicht und drehte ihren Kopf zu ihm. Er streichelte seinen harten, pochenden Schwanz mit seiner Hand, versicherte, dass er schön steif war, bevor er ihr befahl, ihren Mund zu öffnen. Er gab ein wenig sahnige Creme auf seine Eichel und schob sie mit einem tiefen Ächzen und einem lustvollen Seufzen in ihren offenen Mund.

Angela erkannte sofort, dass die mit Sahne bedeckte „Frucht" Andersons großer, dicker, steinharter Schwanz war und öffnete ihren Mund noch weiter, um ihn aufzunehmen. Sie genoss den Geschmack der köstlichen Creme gemischt mit dem Geschmack seines Schwanzes und saugte die ganze Sahne von der Spitze. Anderson stöhnte vor Genuss mit einer Stimme, die kaum lauter als ein Flüstern war.

„Ooh, Scheiße, Angela", zischte er und schob seinen Schwanz weiter in ihren Mund, er zwang sie ihn tiefer hinunter in ihren Hals zu nehmen. Angela ächzte, als sie seinen Schwanz hungrig saugte, sie nahm ihn tiefer und tiefer in ihren Mund, bis die Spitze fast vollständig unten in ihrem Hals war. Glücklicherweise hatte sie sich daran gewöhnt, Andersons riesigen Schwanz zu saugen, sodass sie nicht mehr den Würgereflex hatte. Sie saugte ihn mit Sorgfalt und hoffte, eine gute Arbeit zu leisten, damit er ihr den Orgasmus gab, nach dem sie sich so verzweifelt sehnte.

„Ich werde dein hübsches kleines Gesicht mit meinem riesigen Schwanz ficken", sagte Anderson, nahm ihren Kopf zwischen seine Hände und warf seinen eigenen Kopf nach hinten, dann schloss er die Augen als er das Gefühl ihres reizvollen Mundes vollkommen und ausgiebig genoss, der seinen Schwanz umfasste und dann energisch, eifrig und leidenschaftlich an ihm saugte. Er hielt ihren Kopf still und begann seine Hüften an ihr Gesicht zu stoßen und seinen Schwanz noch tiefer in ihren Mund zu bringen. Dann erhöhte er die Geschwindigkeit und den Rhythmus seiner feurigen Bewegungen.

Angela stöhnte und ächzte enthusiastisch, ihr Mund war mit Andersons Schwanz gefüllt, während er buchstäblich ihr Gesicht fickte und tief mit seinem Schwanz in ihren Hals eindrang, wieder und wieder.

„Ahh, ja, Angela! Das ist ein gutes Mädchen. Sauge an diesem großen, dicken Schwanz so wie du es magst", sagte er mit einem heißeren Flüstern zwischen dem Seufzen und Zischen seiner Lust.

Er griff nach unten und begann, Angelas freigelegte Brüste zu berühren, er rieb und drückte sie, zwickte ihr sanft in ihre Brustwarzen und verursachte damit Angelas Stöhnen und Ächzen, die sich steigerten und immer lauter wurden. Bald bemerkte er, wie er sich dem Moment näherte, in dem er seine riesige Ladung abspritzen würde und er wollte die Wände von Angelas enger Muschi um seinen Schwanz spüren, die vor Verlangen nach ihm tropfend nass waren. Nur der Gedanke daran brachte ihn fast zum Abgrund seines eigenen Höhepunkts und er zog abrupt seinen Schwanz aus Angelas Mund und stoppte sich bevor er in den Tiefen ihres Halses explodierte.

„Willst du diesen Schwanz, Angela?", fragte er streng mit dominierender Stimme.

„Ja! Ich will deinen Schwanz, Anderson! Ich will ihn so sehr!", antwortete sie und bat ihn darum, sie zu ficken und über den Abgrund zu bringen.

„Wirst du diesen Schwanz ficken, bis ich tief in deiner engen, nassen Muschi komme?", fragte er mit einer lauteren, kommandierenden Stimme.

„Oh, ja Anderson! Ich will dich ficken, bis du meine Muschi mit deinem heißen, geilen Saft füllst!", rief Angela und krümmte sich vor Verlangen. Sie wollte sich von den Handschellen befreien, die sie festhielten, aber nur um nach Andersons Schwanz zu greifen und in tief in ihre Muschi zu schieben, die sich nach Anderson sehnte; sie wollte vollständig gefüllt werden.

Aber Anderson befreite sie noch nicht von ihren Handschellen. Er zog seine Hose bis zu seinen Knien hinunter und holte ein weiteres überraschendes kleines Gerät aus seiner Tasche. Obwohl

Angela nicht sehen konnte was er machte, konnte sie hören, dass er etwas in der Hand hatte. Sie nahm an, dass er seine Hose nach unten schob oder auszog. Das war richtig, aber sie erwartete sich das kleine Gerät nicht, dass er herauszog und anschaltete. Sie konnte ein vibrierendes Geräusch hören und sie wusste sofort, dass er eine Art von kleinem vibrierendem Spielzeug hatte.

„Ich werde dich ficken, Angela. Ich werde dir den Orgasmus geben, den du dir verdienst, weil du ein so gutes Mädchen gewesen bist. Aber ich werde dich noch nicht von deinen Handschellen befreien. Ich werde dich ficken während du die Hände hinter dem Rücken verbunden und die Augenbinde auf dem Kopf hast, aber ich werde dich gut und hart kommen lassen. Willst du das, Angela?", fragte er sie angespannt.

„Oh ja, Anderson! Ich will es! Bitte! Ich brauche es jetzt sofort!", rief Angela voller Verzweiflung in ihrer Stimme. Sie war so erregt, dass sie kaum ihre Lust länger zügeln konnte. Ihr gesamter Körper brannte vor Verlangen nach Anderson und sie wollte jeden Zentimeter seines Schwanzes in sich spüren.

Plötzlich nahm Angela ein vibrierendes Gefühl direkt auf ihrem Kitzler war und sie wusste augenblicklich, dass es Anderson war, der einen Vibrator auf ihr verwendete. Es fühlte sich wie ein vibrierendes Ei oder ein Bullet-Vibrator an und das Gerät war definitiv leistungsstark. Sie ließ ein lautes Wimmern des Genusses aufgrund des Gefühls aus, das der Vibrator durch ihr Inneres sandte. Sie konnte spüren, wie sie sich dem Orgasmus näherte, als kleine Schweißperlen begannen, sich auf dem äußeren Rand ihrer Stirn zu bilden. Sie krümmte ihren Rücken und presste sich gegen den Vibrator, sie wollte diesen Gipfel erreichen, dem sie bereits so nahe gekommen war. Genau in diesem Moment nahm Anderson den Vibrator weg.

Angela seufzte, hob ihre Hüften, als ob sie versuchte, Anderson zu verstehen zu geben, dass er weitermachen sollte.

„Ha, ha, ha", Anderson verspottete sie mit einem tiefen, singenden Ton. Angela konnte ihn sich vorstellen wie er seinen Finger vor ihr hin und her bewegte, als würde er sie wie ein kleines

Kind bestrafen. „Noch nicht, wenn du kommen wirst, wirst du vollständig auf meinem Schwanz kommen, Angela."

Angela zitterte, als sie fühlte, wie Anderson ihren Körper
umdrehte und sie mit dem Arsch hoch in der Luft über den Sitz
beugte. Sie wusste, dass er dabei war sie zu ficken und die Vorfreude
machte sie verrückt vor Verlangen.

„Mmmm, Angela, dein hübscher Arsch ist immer noch ein wenig
rot, weil ich dich verhaut habe. Er sieht so sexy aus." Er flüsterte
wieder in ihr Ohr und brachte sie ein wenig zum Beben.

„Bitte Anderson. Ich halte es nicht mehr aus! Bitte fick mich jetzt
sofort! Ich muss kommen! Ich muss unbedingt kommen!", bat
Angela.

Anderson blickte hinunter und sah ihren leicht geröteten, perfekt
runden Arsch hoch in der Luft und ihre Muschi war sexy und nass
vor Erregung. Ihr Kitzler war geschwollen und feucht. Sie in diesem
Zustand auch nur anzusehen, machte ihn unendlich geil. Er griff mit
der Hand nach seinem steifen, pochenden Schwanz und rieb seine
Eichel an Angelas tropfend nasser Muschi, er reizte sie mit der Spitze
und tauchte sie in ihre Säfte.

Angela stöhnte und bog ihren Rücken, sie keuchte vor Vorfreude.
Dann drückte sie ihren Arsch nach hinten auf seinen Schwanz und
versuchte, ihre Muschi auf ihn zu schieben. Anderson griff mit einer
Hand nach ihrem Arsch und mit der anderen führte er seinen harten
Schwanz in ihre enge, nasse Muschi, dabei stöhnte er und zischte vor
echtem Genuss. Angela ächzte laut in ihrer Lust, schob sich weiter
zurück, bis sein Schwanz vollkommen in ihrer Vagina war. Er war so
tief in ihr, dass sie seine Eier gegen ihren geschwollenen Kitzler
prallen spürte. Sie zitterte vor Genuss und bebte vor Verlangen,
seufzte und schrie vor Leidenschaft.

„Oh ja, ja Anderson! Fick mich!", schrie sie aus, als sie begann, sie
nach vorn und hinten zu bewegen, sie glitt mit ihrem Arsch auf
Andersons Schwanz, immer härter und schneller, härter und schneller. „Ohhh!! Ja!!"

Anderson stöhnte, als er fühlte, wie sich sein Höhepunkt
aufbaute. Er wusste, dass Angela nur einen weiteren guten Stoss

benötigte, um sie vollständig über den Abgrund zu bringen. Er wollte, dass sie einen Wahnsinns-Orgasmus bekam. Sie hatte es sich definitiv verdient.

Er nahm den Vibrator und platzierte ihn direkt auf ihrem pochenden Kitzler, dann stellte er ihn auf die höchste Stufe. Zur gleichen Zeit hämmerte er seinen Schwanz in sie, hart und tief, während er um sie griff, ihre rechte Brust drückte und die Brustwarze mit seinem Zeigefinger und dem Daumen zwickte. Die Kombination der Gefühle brachte Angela über den Abgrund.

„Oh GOTT!!!", schrie sie laut aus, als ihr Orgasmus unhaltbar wurde und durch ihren gesamten Körper schoss. „GOTT, Anderson! VERDAMMT, JAAA!"

Ihr gesamter Körper spannte sich an und ihre Hüften begannen, unkontrollierbar zu zucken, als sie von der Intensität ihres Orgasmus in einer überwältigen Welle der Ekstase mitgenommen wurde. Anderson warf den Vibrator weg und seine Fingerspitzen ersetzten ihn, sie wandten genau den richtigen Druck auf Angelas Kitzler an, damit ihr Orgasmus anhielt und durch ihren ganzen Körper floss. Ihre Hüften bewegten sich gegen seinen Schwanz und die Hand, die zwischen ihren Beinen war. Nach einem kurzen Moment begann Angelas Höhepunkt abzuklingen und sie ließ ein lautes Keuchen und ein tiefes Seufzen der wonnigen Befriedigung aus. Mit seinem riesigen, harten Schwanz, der immer noch tief in ihrer Muschi steckte, konnte Anderson das Zucken ihrer Wände spüren, die sich um seinen Schwanz zusammenzogen, während sie ihren Orgasmus genoss und dieses Gefühl brachte ihn ebenso über den Abgrund. Er griff nach ihrer Muschi und zog sie zurück auf seinen Schwanz, hart und tief, während er seine Ladung mit einem lauten Stöhnen der Ekstase in sie schoss. Sein Schwanz pochte und pulsierte in ihr, als Strahl für Strahl sein Saft aus ihm kam und tief in Angelas tropfend nasse Fotze floss.

Anderson brach auf Angela mit einem tiefen, erschöpften Seufzen zusammen. Die beiden verweilten einen kurzen Moment nach ihrer heißen, scharfen Session, dann zog Anderson seinen Schwanz aus Angela und befreite sie von ihren Handschellen. Angela entfernte die Augenbinde von ihrem Gesicht und drehte ihren Körper um, damit sie Anderson an sich drücken konnte. Die beiden umarmten sich gegenseitig für ein paar Minuten und Anderson küsste sie sanft auf ihren Mund.

„Das ...", begann Anderson und atmete schwer in Angelas rechtes Ohr, „war absolut FANTASTISCH."

Angela lächelte als Antwort auf seine Anerkennung.

„Oh ja, Mr. Cromby! Es war unglaublich!", stimmte sie zu.

In diesem Moment verlangsamte sich die Limo bis zu einem vollständigen Halt. Angela war sich nicht sicher, wo sie angekommen waren, aber sie wusste, dass sie sich frisch machen musste, bevor sie zurück zur Arbeit gehen konnte. Anderson ließ das dunkel getönte Fenster hinter der Fahrerseite der Limo hinunter und blickte nach draußen.

„Wir sind bei mir zu Hause, Liebes. Was hältst du davon, wenn wir hinein gehen, uns frisch machen und zurück ins Büro fahren, um diesen Arbeitstag zu beenden?", schlug Anderson vor, bevor er einen weiteren sanften, zarten Kuss auf Angelas schweißgebadete Stirn setzte.

Angela wusste, dass ihre Zeit dabei war, abzulaufen und sie musste eine Entscheidung zwischen Anderson und Mark treffen. Es begann wirklich sie zu belasten – beide Männer hinter dem Rücken des anderen zu sehen. Sie wusste, dass keiner der beiden blind oder dumm war und sie fühlte sich ein wenig schuldig dafür, sich nicht 100%-ig mit einem der beiden zu binden. Sie beschloss, dass es an der Zeit war, ein ernsthaftes Gespräch mit Anderson über ihre Beziehung zu führen, wenn sie das nächste Mal zusammen waren. Sie wusste, dass Anderson es gewöhnlich mochte, mit ihr am Dienstagabend essen zu gehen, deshalb versprach sie sich selbst, bei dieser Gelegenheit mit Anderson über diese Dinge zu reden.

Als sie sich für das Abendessen mit Anderson anzog, konnte sie fühlen, wie ihr Herzschlag sich beschleunigte, aus Nervosität und Besorgnis. Sie hatte den Status ihrer Beziehung mit Anderson noch nie zuvor angesprochen und war sich nicht genau darüber sicher, wie sie es angehen sollte.

Was ist, wenn er mich zurückweist, dachte sie sich. *Was ist wenn ich wirklich nur eine Affäre für ihn bin und er plant, zu einem neuen, jüngeren Model überzugehen, sobald er sich mit mir langweilt? Was ist wenn er aus diesem Grund diese heiße, neue, junge Empfangsdame eingestellt hat?*

Angela wusste, dass sie sich auf alles vorbereiten musste, was er vielleicht sagen könnte. Sie hoffte mit ihrem gesamten Inneren, dass er das Gleiche wie sie fühlte und dass er eine vollständige, gebundene, beständige Beziehung mit ihr wollte. Doch wenn es nicht das war, was er im Kopf hatte, musste sie sich mental auf ein gebrochenes Herz vorbereiten – nur für den Fall.

Auch wenn er an der Art von Beziehung, die sie wollte nicht interessiert war, wollte sie ihn wissen lassen, dass sie trotzdem Interesse daran hatte, ihre leidenschaftliche, aufregende Affäre fortzuführen, da sich Angela ehrlich gesagt ihr Leben nicht ohne ihn vorstellen konnte. Wenn sie ihn nur auf diese Weise für eine Weile haben konnte, fühlte sie dass das viel besser war, als ihn gar nicht zu haben. Sie fragte sich ob sie in der Lage sein würde, weiter für ihn zu arbeiten, wenn er sie zurückweisen würde.

Würde die Situation in Andersons Büro merkwürdig und/oder eigenartig werden? Ihrer Meinung nach würde es ein absoluter Albtraum werden, ihn fast jeden Tag sehen zu müssen, zu wissen dass sie nie mehr mit ihm zusammen sein konnte – oder schlimmer, ihn mit einer anderen Frau sehen zu müssen und jeden Tag von Angesicht zu Angesicht mit der anderen Frau arbeiten zu müssen. Wenigstens was ihre Gefühle betraf.

Sie schüttelte all diese Gedanken aus ihrem Kopf, während sie sich in dem wandhohen Schlafzimmerspiegel betrachtete. Sie war gerade fertig damit geworden, ihr Make-up aufzutragen und war fast bereit, nach außen zu der Limousine zu gehen, die Anderson zu ihrer Wohnung geschickt hatte um sie abzuholen. Doch dann klingelte ihr Telefon und holte sie aus dem Gewirr ihrer stillen Gedanken, die laut in ihrem Kopf herumschwirrten.

Angela hob ihr Handy von seiner aktuellen Position hoch: es lag auf dem Bett neben der kleinen blauen Tasche, die sie für das Abendessen gewählt hatte und zu dem Kleid, sowie ihren Schuhen passte.

Sie sah sich die Nummer auf dem Display an und erkannte, dass es Maxine war.

„Hallo, meine Freundin", Angela antwortete mit einer fröhlichen Stimme. Sie war glücklich, von Maxine zu hören.

„Nein, nein! Versuche es nicht mal mit dem Bullshit von wegen „Hallo, meine Freundin! Wo hast du gesteckt, du Fremde?", neckte sie Maxine. Angela konnte den vorgetäuschten Sarkasmus in der Stimme ihrer Freundin hören.

„Oh, Max, komm schon! Es tut mir so leid! Ich war ein wenig beschäftigt, ich gebe es zu. Aber ich wollte dich morgen anrufen, wenn du mich nicht zuerst angerufen hättest", erklärte Angela. Sie log nicht. In der Tat hatte sie wirklich vor kurzem an Maxine gedacht und sich eine mentale Notiz gemacht, sie am folgenden Tag anzurufen oder ihr vielleicht sogar einen Besuch abzustatten.

„Nun, was ist es, das dich so verdammt stark beschäftigt hat, dass ich seit so vielen Tagen nichts von dir gehört habe? Ist sein Name Anderson oder Mark? Oder vielleicht ein wenig von beiden?", fragte Maxine.

Angela kicherte leise über die unverblümte Frage ihrer Freundin.

„In der Tat habe ich in der letzten Zeit nicht wirklich mit Mark gesprochen. Ich hätte ihn gestern zum Mittagessen treffen sollen, aber ich habe ihm gesagt, dass mir etwas dazwischengekommen ist und dass ich es nicht schaffte."

Auf eine Weise hatte Angela Mark nicht angelogen. Tatsächlich waren es die Spielchen mit ihrem Milliardär und Anderson Crombys dicker, enormer Schwanz die „dazwischengekommen" waren. Und wenn diese Dinge „dazwischenkamen", hatte Angela kein Interesse an irgendetwas anderem mehr, als die „Situation" auszunutzen. Etwas an Andersons Schwanz hatte sie komplett hypnotisiert, auch jedes Mal wenn sie nur an ihn *dachte*. Er hatte sie gänzlich „schwanzotisiert".

„Nun, hast du bereits entschieden welchen Weg du gehen wirst?", frage Maxine. Ihre Absichten waren definitiv gut. Sie wollte nur, dass ihre beste Freundin glücklich war und eine gesunde, harmonische Beziehung mit einem Mann hatte, egal welchen sie wählen würde.

„Weißt du was, Max? Ich glaube schon. Ich gehe heute mit Anderson zum Abendessen. Obwohl ich irgendwie Angst davor habe, mit ihm über unsere Beziehung zu sprechen, habe ich beschlossen, dass heute Nacht die Nacht sein wird. Ich werde es ansprechen und ihn genau wissen lassen was ich fühle und was ich möchte. Wenn er das Gleiche empfindet, werde ich die Chance ergreifen und mich vollständig mit ihm binden."

Maxine konnte an dem Ton der Stimme ihrer besten Freundin erkennen, dass Angela es ernst meinte. Sie war verliebt und sie wollte es dem Mann, den sie liebte sagen. Sie hatte einen tiefen Respekt für Angela. Sie wusste, dass es nicht einfach für sie sein konnte, eine so wichtige und schwierige Entscheidung zwischen zwei Männern zu treffen, für die sie eindeutig tiefe und nicht zu leugnende Gefühlte hatte. Maxine musste zugeben, dass sie sehr stolz auf ihre Freundin war und mehr als alles andere hoffte, dass Angelas Liebesleben sich am Ende als glücklich erweisen würde.

ANGELA STIEG aus dem luxuriösen Auto aus, das Anderson zu ihrem Appartement geschickt hatte um sie abzuholen und in das Restaurant zu bringen, wo sie sich für ein feines, romantisches Abendessen treffen würden. Das Restaurant nannte sich Chez LaFre' und bot eine exquisite Auswahl der Elite der französischen Küche an. Angela bedankte sich bei dem Fahrer der Limousine und ging zum Vordereingang des riesigen, schicken, mit 5 Sternen bewerteten französischen Restaurants.

Ihre Augen erhellten sich vor Erstaunen, als sie den Lobby-Bereich des Chez LaFre' betrat. Es war eines der schönsten Restaurants, in das sie je Fuß gesetzt hatte. Sie sah sich ehrfürchtig um, als sie der Eigentümer, der mit einem stylischen schwarzen Tuxedo bekleidet war, in einen eleganten VIP-Bereich auf der Veranda des großen Lokals begleitete.

Angela sah Anderson in einer kleinen, bequemen Nische des VIP-Bereichs sitzen; er telefonierte mit seinem Handy. Er sah elegant und gutaussehend in seinem dreiteiligen blaugrünen Seidenanzug

aus. Sein Hemd war bunt, saß wie angegossen und betonte die gut
definierten Muskeln seiner strammen Arme. Die Jacke lag neben ihm
auf einem Stuhl in der Nische und sein Haar sah besonders dick und
glänzend im Licht des Restaurants aus. Der gut angezogene, hispa-
nisch aussehende Eigentümer brachte sie zu dem Tisch und deutete
ihr, auf dem Stuhl gegenüber von Anderson Platz zu nehmen.

„Du siehst hinreißend aus, Liebling", sagte Anderson und stand
auf, um sie mit einem Kuss auf die Wange zu begrüßen. Er zog den
Stuhl heraus und sie setzte sich. Anderson ließ sich wieder gegenüber von ihr nieder.

„Danke, du auch! Wie immer", antwortete Angela und lächelte
ihm zu.

„Ich habe mir erlaubt, uns eine Flasche importierten Weißwein
zu bestellen, sowie eine absolut fabelhafte Vorspeise, die dir sicherlich schmecken wird", sagte ihr Anderson. Er öffnete die Flasche
Wein und füllte die Gläser.

„Ich bin wirklich glücklich, dass du mich heute zum Abendessen
eingeladen hast. Dieser Ort ist unglaublich", stellte Angela fest, und
ihre Augen strahlten beeindruckt.

Anderson liebte die Art, wie Angela ihn stets schätzte.

„Alles, um ein Lächeln auf dein schönes Gesicht zu zaubern",
erklärte Anderson grinsend. Angela errötete unwillkürlich wie ein
Schulmädchen.

„Es gibt etwas, worüber ich mit dir sprechen möchte, Anderson",
sagte Angela. Sie fühlte, wie ihr Herzschlag begann sich zu erhöhen,
als das Gefühl der Nervosität Überhand nahm. „Und ich muss zugeben, dass mich das sehr nervös macht."

Genau in diesem Moment brachte der Kellner die Vorspeise und
stellte sie auf den Tisch. Das Aroma des Essens machte Angela den
Mund wässrig.

„Sind Sie bereit zu bestellen?", fragte sie der gut gekleidete
Kellner.

„Geben Sie uns nur ein paar Minuten, bitte", antwortete ihm
Anderson.

„Natürlich, Monsieur", erwiderte der Kellner und entfernte sich.

„Was ist es, Angela? Ich möchte, dass du weisst, dass du über alles mit mir sprechen kannst", sagte er mit einer weichen, unterstützenden Stimme. Sein Gesicht drückte echte Besorgnis aus.

„Nun ... ich ... ähm", stammelte Angela und rutschte unbehaglich auf ihrem Platz umher. Anderson griff über den Tisch und nahm ihre Hand.

„Angela, bitte. Was ist los?", seine fantastischen Augen suchten ihre. Das brachte ihr Herz zum Schmelzen.

„Nun, ich ... ähm ... fragte mich etwas. Was genau sind wir? Weißt du es?", sie blickte ihn mit fragenden Augen an. „Ich weiss, dass ich mich auf eine Weise vergnüge, die ich noch nie kennengelernt habe, wenn wir zusammen sind. Ich habe mich noch nie so lebendig gefühlt, so frei und so *glücklich*. Aber ich möchte, dass du weißt, dass wenn ich nur eine Phase, oder eine vorübergehende Affäre bin, das ebenso okay für mich ist, sofern ich so viel Zeit wie möglich mit dir verbringen kann, solange sie andauert."

Anderson blieb einen Moment ruhig, als würde er die Zeit benötigen, um ihre Worte vollkommen aufzunehmen.

„Was fühlst du für mich, Angela?", fragte er mit einem weichen aber ernsthaften Blick im Gesicht.

„Ehrlich gesagt bin ich in dich verliebt, Anderson. Das bin ich bereits seit einer Weile. Ich war mir nur nicht ganz sicher, was du für mich empfindest, deshalb wollte ich es nicht ansprechen. Ich wollte die Dinge zwischen uns nicht merkwürdig werden lassen, weißt du?"

„Siehst du diesen Kerl namens Mark immer noch?", fragte er sie.

Da war es. Er wusste von Mark. In der Tat war Angela nicht wirklich überrascht, dass er es wusste. Es war ihr klar, dass Anderson kein Dummerchen war und dass er im ganzen Gebiet Freunde und Verbündete hatte. Sie war sich nur nicht sicher, ob es ihn kümmerte oder nicht. Angela senkte ihren Kopf und fühlte sich aus irgendeinem Grund ein wenig beschämt.

„Mark und ich haben eine Vergangenheit. Er war nicht der schlechteste meiner Ex-Freunde, aber auch nicht der beste. Er kam in mein Leben zurück, kurz bevor wir uns getroffen haben. Ich hätte mir nie gedacht, dass wir beide diesen Punkt erreichen würden, an dem wir sind und ich war mir nicht sicher, ob wir etwas Ernstes oder eine vorübergehende Affäre miteinander haben würden. Deshalb glaube ich, dass es eine Art von ...Versicherung, wie ein Backup-Plan gewesen ist, ihn in meiner Nähe zu behalten."

„Nur für den Fall, dass die Dinge zwischen dir und mir nicht funktioniert hätten", fügte Anderson hinzu. Es war eher eine Aussage als eine Frage. Er sagte es so, als ob er es bereits gewusst hätte.

„Bitte verstehe mich, Anderson, Ich habe noch nie jemanden wie dich getroffen. Du bist ein Mann, der alles in der Welt hat und du könntest jede Frau haben, die du willst. Ich hatte nur Angst davor, dass das, was du in mir siehst, vielleicht vergehen würde, weißt du? Ich hatte Angst dass du dich mit mir langweilen würdest und zu der nächsten aufregenden Frau übergehen würdest, die dir unter- kommen würde."

Anderson hörte ihr ruhig zu und erlaubte ihr, auszureden.

„Wenn es nach dir ginge, was würdest du für uns beide wollen?", fragte er sie.

„Wenn es nach mir ginge, Anderson, würde ich den Rest meines Lebens mit dir zusammen sein", antwortete Angela.

„Ich möchte dir etwas sagen, das ich dir möglicherweise bereits vor einer Weile sagen hätte sollen", begann Anderson. „Ich bin mit vielen unterschiedlichen Typen von Frauen in meinem Leben ausge- gangen. Models, Schauspielerinnen, Tänzerinnen, wie du gesagt hast, Frauen jeder Art und von verschiedener Herkunft und sozialen Schichten. Du musst verstehen, es ist einfach, eine Frau zu finden, aber es ist sehr schwierig eine Frau wie *dich* zu finden." Er betonte das Wort „dich" und blickte direkt in Angelas Augen. „Du bist schön, intelligent, engagiert, unabhängig, unterwürfig und ebenso süß, freundlich und fantastisch im Bett. Du bist die Art von Frau mit der ich es mir vorstellen könnte, mich niederzulassen."

„Du bist glücklich, egal ob wir in ein 5-Sterne-Restaurant gehen oder ein Picknick mit Truthahnsandwich im Park machen. Du *brauchst* keine der Dinge, die ich wähle, aber du schätzt *alle* davon. Ich kann mich mit meinem Geschäft auf dich verlassen und ich habe das Gefühl, dir mein Herz anvertrauen zu können. Ich habe nur nicht verstanden, was zwischen dir und diesem Mark war, da du ihn einfach nicht gehen lassen konntest. Deshalb war ich mir nicht sicher, ob du wirklich mit mir zusammen sein wolltest und habe die Angelegenheit nie angesprochen."

Angelas Augen füllten sich mit Freudentränen, die drohten auszubrechen und über ihre Wangen zu rinnen.

„Also was sagst du, Anderson?", fragte Angela mit einer weichen Stimme, die kaum lauter als ein heißeres Flüstern war.

„Ich sage, dass ich möchte, dass du meine Frau bist und nur meine Frau. Wenn es das ist, was auch du willst", antwortete Anderson und drückte ihre Hand ein wenig.

„Oh Anderson! Das ist genau das, was ich will! Ich habe noch nie etwas mehr in meinem ganzen Leben gewollt!" Angela erlaubte ihren Freudentränen, frei über ihre Wangen zu laufen. Sie war von den Emotionen überwältigt, reichte nach vorn und ergriff Andersons andere Hand, um sie beide zu drücken.

„Das sind die einzigen Tränen, die ich in deinen Augen sehen möchte", sagte Anderson, und hob die Hand, um eine von ihnen wegzuwischen. Angela lächelte ihn an, während eine andere Träne sie ersetzte. Er beugte sich zu ihr und küsste die andere Träne weg, dann legte er etwas in ihre Hand.

„Was ist das?", fragte sie ihn und wischte eine verirrte Träne weg.

„Ich möchte, dass du in die Damentoilette gehst und es in dein Höschen gibst, genau auf deinen Kitzler. Ich habe die Fernsteuerung in meiner Hand. Wenn du herauskommst, wirst du diesen Mark anrufen und ihm sagen, dass es vorbei ist."

Angelas Herz begann erneut schneller zu schlagen. Dieses Mal war es vor Aufregung. Sie grinste Anderson an und beugte sich zu ihm, um ihn auf den Mund zu küssen.

„Bestelle für mich, machst du das?", fragte sie mit einem breiten Lächeln und eilte dann zur Damentoilette.

ENDE.

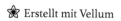 Erstellt mit Vellum